YUUKI OBATA
C'était Nous
5

SOMMAIRE & PERSONNAGES

L'HISTOIRE: Bien qu'au début elle le détestait, Nanami tombe amoureuse de Yano, et joue comme elle peut son rôle de petite amie. Cependant, elle commence à se rendre compte que Yano n'a pas encore oublié son ancienne copine. Elle comprend alors qu'elle n'a pas sa place dans son cœur, et décide de rompre...

Bien qu'ami d'enfance de Yano, il est très différent, gentil et discret.

Elle est en seconde, naturelle mais un peu tête en l'air...

Dans la même classe que Nanami, c'est l'un des élèves les plus populaire. Il a perdu sa petite amie quelques temps avant.

C'était Nous 5

Chapitre 17

わー
わー…
わ
ぱんっ
ALLEZ !
NOTRE CLASSE A GAGNÉ AU BASKET !
HÉ BIEN !
FÉLICITATIONS !
HO ! C'EST POUR MOI ? MERCI !
TOURNE-TOI PAR LÀ
HA HAA.

LUI, DEPUIS QU'IL EST LIBRE ...
ÇA NE TE GÊNE PAS, NANA ?
HÉ...
DITES,
APRÈS IL Y A LE VOLLEY CHEZ LES GARÇONS.
FAUT À TOUT PRIX VOIR ÇA
NANA !!
POURQUOI EST-CE QUE TU AS ROMPU !?
MOI AUSSI JE VOUDRAIS SAVOIR, ALORS DIS-LE MOI !
AVEC TOUT CE QUI SE DIT AUTOUR, JE COMMENCE À NE PLUS SAVOIR QUOI PENSER !
C... COMME QUOI ?
ON DIT QUE TU NE VOULAIS PAS COUCHER AVEC LUI, ET QU'IL COMMENÇAIT À NE PLUS POUVOIR SE CONTENIR, ALORS TU L'AS LÂCHÉ...
BIEN PROBABLE, D'AILLEURS
QU...
QUOI !?
ET ALORS ?
EXCUSE, JE NE PEUX PAS EN PARLER.
DÉSOLÉE, MIZUCHIN.
VRAIMENT DÉSOLÉE

TANT PIS
MAIS TU L'AIMAIS TELLEMENT ...
BAH, TOUT LE MONDE SE LASSE UN JOUR, HEIN ?
BRRR

TAP TAP
TIENS, MA SERVIETTE !
HEIN ?
HEU…
AU FAIT…
RENDS-LA MOI APRÈS, S'IL-TE-PLAÎT.
UTILISÉE, HEIN !
FROT
HA…
OK, MERCI !
CLAC
BOM

CELA FAIT UNE SEMAINE QUE NOUS AVONS ROMPU.
JE LUI AI RENDU TOUS LES MANGAS,
LES CD,
ET LES STYLOS QUE JE LUI AVAIS EMPRUN-TÉS.
JE PENSAIS QUE LE LENDEMAIN JE TROUVERAIS LES LIVRES QUE JE LUI AVAIS DONNÉS DE FORCE.
ÇA PREND AU CŒUR, ALORS LIS !
J'EN VEUX PAS !
HÉ HÉ.
MIS DISCRÈTE-MENT DANS SON SAC
MAIS IL N'Y AVAIT RIEN.

EN CLASSE ...
ON NE SE REGARDE MÊME PAS.
SI ÇA CONTINUE COMME CELA...
ON VA DEVENIR DES ÉTRANGERS...
IL L'A TROMPÉE,
C'EST ÉVIDENT !
AUCUNE CHANCE.
IL N'Y A QUE CELA...
POUR QU'IL SE FASSE LARGUER.
EN PLUS IL PLAIT À TOUTES LES FILLES
ELLE L'A LAISSÉ TOMBER POUR ÇA.

IMPOSSIBLE...
IL DÉTESTE ÇA À EN MOURIR...
"TROMPER"
MAIS SI.
C'EST LA SEULE...
EXPLICATION.
C'EST CLAIR.
PSYCHOLOGIQUEMENT PARLANT...
......
ET PUIS LA P'TITE NANA N'EST PAS FACILE NON PLUS.
......
C'EST QUOI ÇA, LA "P'TITE NANA" ?
POUR FAIRE LA DISTINCTION :
LA P'TITE NANA (NANAMI) ET L'IDIOTE DE NANA (NANA).
HA HA HA !
PFU.
C'EST PLUS FACILE, NON ?
RIDICULE...
TAKAHASHI !

TU ES LIBRE, AUJOURD'HUI ?
J'AI UN TRUC SYMPA À TE MONTRER !
UN TRUC... ?
WOUAF
WHOUAAAAAA !!
WOUAF
WHOUAAA
OÙ EST-CE QUE TU LES AS EUS ?
JE LES AI TROUVÉS DEVANT LA MAISON, LA SEMAINE DERNIÈRE.

HEIN ? C'EST CRUEL...
ON CHERCHE À LES DONNER,
TOI, TU N'EN VEUX PAS UN ?
CHEZ MOI, C'EST IMPOSSIBLE...
MES PARENTS DÉTESTENT LES ANIMAUX
C'EST DOMMAGE...
DÉSOLÉE
QU'EST-CE QUE TU VAS FAIRE, SI TU NE TROUVES PERSONNE ?
HEU...
JE N'AURAI PAS TROP LE CHOIX...
OUAF OUAF
ON LES GARDE.
LES DEUX ?
BIEN OBLIGÉ !
ET PUIS C'EST UN SIGNE, QU'ILS SOIENT VENUS ICI.
HEIN
WOUAH
WOUAH !!
IL ME LÈCHE !!
C'EST MIGNON !
JE NE PEUX QUAND MÊME PAS LES REJETER...
HUM...
HA HA HA
ÇA CHATOUILLE

TU RIS ENFIN...
HEIN ?
MAIS, JE RIS SOUVENT...
OUI, MAIS...
COMME ÇA...
WOUA
WOUA
C'EST IMPORTANT AUSSI, DE SAVOIR S'ACCORDER DES PAUSES POUR TOUT OUBLIER, ET RIRE.

......
......
HUM...
C'EST VRAI...
TAKEUCHI...
WOUAH
ARRÊTE !
SE CONTENTE D'ÊTRE AVEC MOI, SANS POSER DE QUESTIONS.
JE PEUX REVENIR ?
LES REPRENDRE DANS MES BRAS
BIEN SÛR...
QUAND TU VEUX.
SI TU TE SENS SEULE...
TU PEUX TOUJOURS FRAPPER.
HA...
HEU...
SANS ARRIÈRES-PENSÉES, HEIN...
MERCI, TAKEUCHI !

VRAIMENT MERCI...
POUR AUJOURD'HUI !
HEU...
HA.
HEM...
....
OU...
OUI...
B... BON !
HA... OUI.

UN RENCARD ?
OUI, SAMEDI.
JE T'EN AVAIS PARLÉ !
HA...
DÉSOLÉ !
JE NE PEUX PAS Y ALLER...
ET PUIS J'AI PAS D'ARGENT.
RIGOLE PAS ! ON A RAMEUTÉ LES FILLES EN LEUR PROMETTANT QUE TU SERAIS LÀ !
SÉRIEUX ?
TU AVAIS JURÉ !
T'ES SÛR ?
LE TRUC, C'EST QUE VOILÀ...
ÇA NE FAIT PAS LONGTEMPS QUE C'EST FINI AVEC TAKAHASHI, ET J'AI PAS ENCORE...
FAIT MON DEUIL...
TU VOIS, QUOI ?

PFF !
TAP TAP
C'EST CHOU, CE QUE TU DIS !
MAIS ÇA NE TE RESSEMBLE PAS !
T'INQUIÈTE, EN PLUS C'EST TOI QUI T'ES FAIT LARGUER, ALORS ÇA NE DÉRANGERA PERSONNE QUE TU TE REMETTES AVEC QUELQU'UN !
RASSURE-TOI
......
HA...
TU NE VOUDRAIS PAS JUSTE TE CACHER UN PEU LE VISAGE ?
DES LUNETTES PAR EXEMPLE
...
HÉÉ !
TU N'AS VRAIMENT PAS DE COPINE ?
C'EST VRAI ?
SÉRIEUX ?
HA HA HA
HEIN ?
....
OUI...

......
DE-PUIS COMBIEN DE TEMPS ?
JE T'AI DIT DE TE CACHER LE VISAGE, PAS DE METTRE UN TRUC VOYANT !
DIIS ...
DE-PUIS QUAND ?
......
DEUX SEMAINES ?
C'EST TOUT FRAIS, ALORS ?
HA...
IL VIENT JUSTE DE SE FAIRE LARGUER ALORS...
N'EN RAJOUTEZ PAS, HEIN...
えーまじ
POURQUOI EST-CE QU'ELLE T'A LACHÉ ?
HOOO !
TU T'ES PRIS UNE VESTE ?
....
QU'EST-CE QUE ÇA PEUT FAIRE ?
HAAA
ÇA T'A BLESSÉ ?
WHOUAAAA
HAAA IL A L'AIR TRISTE
PARDOOOON !
....
JE VEUX RENTRER ...

HA HA HA HA HA
HA OUI
VRAI ?
HA HA
C'EST QUAND, TON ANNIVERSAIRE ?
HEIN ?
TON ANNIVERSAIRE...
?
JUILLET.
LION ?
CANCER.
HUM...
UNE BELLE ALLURE, ET TRÈS SENSIBLE...
......
UNE VOYANTE ?
DIS...
TU REGARDAIS TON PORTABLE, TOUT À L'HEURE...
C'EST LE MÊME QUE MOI ?
MONTRE !
ALLEZ !
ALLEZ ! QUOI ?
LA COULEUR EST DIFFÉRENTE !
HUM ?

HA...
HÉÉ !!
HOO !!
C'EST ELLE, TA COPINE ?
C'EST QUI ?
ÇA ?
MFF
HEIN ?
OÙ ? OÙ ?
LA PAGE DE FOND EST RESTÉE SUR UNE PHOTO DE SON EX !
BAAH...
HA OUI...
HA HAAA
MONTRE ! MONTRE !
......
OUI...
JE PENSAIS QU'IL SORTAIT AVEC DE PLUS JOLIES FILLES QUE ÇA...
......
HMM...
BAH...
QUOI ?
ELLE EST... BANALE...
SURTOUT QU'ELLE L'A LARGUÉ
APPAREMMENT IL NE S'ATTACHE PAS QU'AU PHYSIQUE !
HA HA !

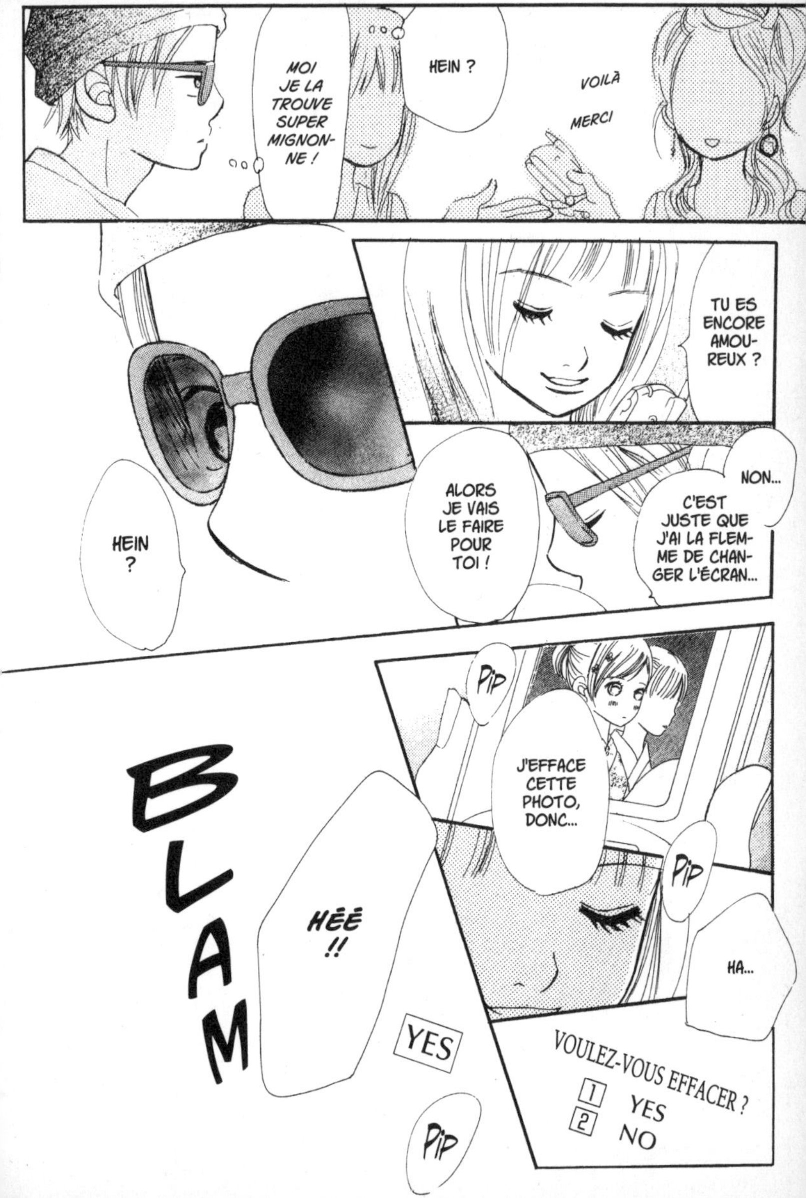
VOILÀ
MERCI
HEIN ?
MOI JE LA TROUVE SUPER MIGNON-NE !
TU ES ENCORE AMOU-REUX ?
NON...
C'EST JUSTE QUE J'AI LA FLEM-ME DE CHAN-GER L'ÉCRAN...
ALORS JE VAIS LE FAIRE POUR TOI !
HEIN ?
PIP
J'EFFACE CETTE PHOTO, DONC...
PIP
HA...
VOULEZ-VOUS EFFACER ?
1 YES
2 NO
HÉÉ !!
BLAM
YES
PIP

JE...
C'EST EFFACÉ...
HEM
GLOUP
......
JE VAIS AUX TOILETTES...

Pip
Pip
Riiing
Riiing
Ding
Zut
Vous êtes sur le répondeur de ...
Pii
TAKEUCHI ! TU AS TOUJOURS LA PHOTO DE TAKAHASHI, EN YUKATA, L'AN DERNIER ?
SI OUI, ENVOIE-LA MOI TOUT DE SUITE !

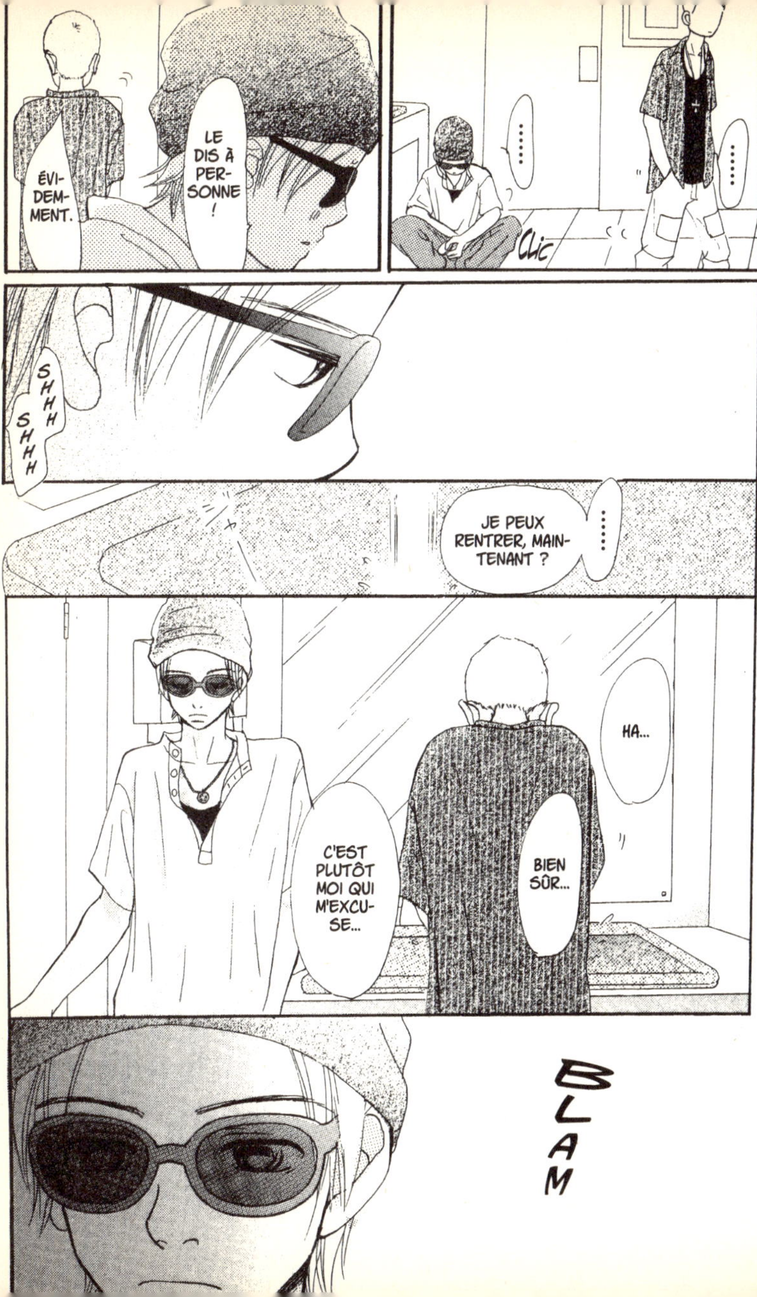

......
......
CLIC
LE DIS À PERSONNE !
ÉVIDEMMENT.
SHHH SHHH
......
JE PEUX RENTRER, MAINTENANT ?
HA...
BIEN SÛR...
C'EST PLUTÔT MOI QUI M'EXCUSE...
BLAM

BAM
C'EST PAS GRAVE.
DIS.
EXCUSE, POUR TOUT À L'HEURE ...
TU N'AS PAS L'INTENTION DE PARTIR ?

BIN...
DE TOUTE FAÇON JE N'AI PAS D'ARGENT.
MAIS J'EN AI, MOI !
SÉRIEUX ?
TU ME LOGES ?
TOI, OUI !
DÉSOLÉ...
MAIS JE NE PEUX PAS, S'IL NE S'AGIT PAS DE CELLE QUE J'AIME.
EXCUSE...

TAKE !
HO ! DEBOUT !
MMM...
TAKE !!
QUOI... ??
HAAA ?
TU SAIS QUELLE HEURE IL EST ?
LA PHOTO !!
LA PHOTO DE TAKAHASHI !
WHOUAAA
2H30... PFUUU
JE NE L'AI PLUS...
CE VIEUX TRUC...
TU PUES L'ALCOOL.
ALLEZ, TAKE...
JE ME FÂCHERAI PAS, MÊME SI TU LA GARDAIS EN SECRET...
S'IL TE PLAÎT !
REDONNE-LA MOI.

HEIN ?
ARRÊTE...
EN QUOI C'EST AMUSANT D'AVOIR UNE PHOTO DE LA COPINE DES AUTRES ?
IMBÉCILE
TIENS.
VÉRIFIE
......
HUM ?
AUJOURD'HUI, LES FILLES QUE J'AI RENCONTRÉES ...
ONT DIT QUE TAKAHASHI EST MOCHE !
"BANALE" !
MMMM
ET ALORS, C'EST PAS UNE INSULTE, "BANALE"...
ALLEEZ ...
LAISSE-MOI DORMIR !
ET PUIS COMPARÉE À CES FILLES TARTINÉES DE MASCARA, SANS LA MOINDRE DÉLICATESSE ET FRIVOLES...
TAKAHASHI EST CENT FOIS PLUS MIGNONNE !!
HEIN ?
HA.
RECTIFICATION.
1000 FOIS.
FU FU
FU FU !
HI HI

……
QUI EST LA PLUS MIGNONNE...
ENTRE NANA ET ELLE ?
... PFUU ...
VOUS ALORS ...
TOUS AUTANT QUE VOUS ÊTES...
QU'EST-CE QUE J'EN SAIS, MOI ?
OU ALORS ...
ESSAIE DE ME LES AMENER TOUTES LES DEUX...
ALIGNE-LES DEVANT MOI !
J'AIMERAIS BIEN SAVOIR...
QUI TU CHOISIRAIS.

ET SI MOI JE SORTAIS AVEC TAKA-HASHI ?
QU'EST-CE QUE TU RACONTES ?
PFU
......
JUSTE QUE SI TU TE LA FAIS VOLER À FORCE DE NE PAS SAVOIR COMMENT AGIR, TU NE POURRAS PAS TE PLAINDRE.
TU PEUX DIRE CE QUE TU VEUX...
MAIS L'AMOUR, C'EST UNE QUESTION DE TIMING.
SI TU NE SAIS PAS DIRE LES BONNES CHOSES AUX BONS MOMENTS, MÊME LA PLUS BELLE DES RENCONTRES SERA GÂCHÉE...
...POUR REGRETTER...
ET APRÈS IL EST TROP TARD POUR REGRETTER.
TON ARGENT !
CELUI QUE JE T'AI EMPRUNTÉ !
COMMENT IL S'APPELLE DÉJÀ, L'AUTRE MORVEUX ?
HAA...
HEU...
MOTO ?
MOTO !
RENDS-LUI POUR MOI...
ET DIS-LUI MERCI !
HÉ ?
C'EST TROP !
ÇA FAIT 220 YENS,
80 YENS DE TROP.
HEIN ?
WHOUAH HA HA

C'EST BON...
POUR 80 YENS...
ET J'AI PAS DE MONNAIE
PAS QUESTION !
L'ARGENT, C'EST L'ARGENT.
CLING
IL N'Y A PAS DE RAISON.
QUE DES POUBELLES...
GLING
C'EST LA CLÉ DE QUOI ?
MON VÉLO.
50
60
IL ME MANQUE 20 YENS...
LE CARAMEL SUFFIRA !

ATCHOUUUUM
SHHH SHHH
BRRRRRR
WHOUAAA ! C'EST QUOI, ÇA !?
DE LA BUÉE DANS MA CHAMBRE !?
C'EST PAS VRAI ?
QU'EST-CE...
DÉJÀ LE MATIN !?
GHHH
BOUE
FENÊTRE OUVERTE
C'ÉTAIT PAS UN RÊVE
......
AU FAIT, CELUI-LÀ..
PAR OÙ EST-CE QU'IL EST ENTRÉ, HIER SOIR ?

CLAP
SHHH
SURTOUT NE PLUS OUBLIER...
DE FERMER À CLÉ.
POUR DORMIR TRANQUILLE
......
IL A COMMENCÉ UN MAIL ?
<TEXTE>
TAKAHASHI, JE N'AI JAMAIS ESSAYÉ DE TE METTRE À LA PLACE DE NANA, ET TOUT CE QUE JE T'AI DIT

ET TOUT CE QUE JE T'AI DIT ÉTAIT SINCÈRE.
CE JOUR-LÀ..
À CE MOMENT...
TOUT CE QUE J'AI DIT, OU FAIT...
A ÉTÉ UNE SUCCESSION D'ERREURS.
JE REGRETTE...
À EN MOURIR.
MAIS JE VOUDRAIS QUE TU M'ÉCOUTES.
TAKAHASHI, JE T'
TAKAHASHI, JE T'
Modifier
Sonneries
ATCHOUUM
SNIRFF

SI TU N'AVAIS PAS TIRÉ SUR MA COUVERTURE, TU N'AURAIS PAS CHOPÉ LA CRÈVE !
POOOON
ÇA VA !
HAAA ...
SNIF
PUISQUE TU AS TELLEMENT LE TEMPS DE TE MORFONDRE, TU FERAIS MIEUX DE DIRE CE QUE TU AS À DIRE TRÈS VITE, NON ?
......
"TOUCHE PAS À TAKAHASHI !"
IL A BONNE MÉMOIRE, VU CE QU'IL AVAIT BU...
CECI DIT, C'EST PAS DE ÇA QUE...
DÉPÊCHE-TOI DE LE DIRE À TAKAHASHI...
SINON...
ÇA SERA TROP TARD...
TAKEUCHI !
DIS,
AUJOURD'HUI AUSSI JE PEUX ALLER VOIR LES CHIOTS ?
J'AI AMENÉ UN CADEAU.
REGARDE ! REGARDE !
CRITCH

IL PARAÎT QUE LES CHIOTS AIMENT LES PELU-CHES, ALORS ...
IL Y AVAIT ÇA CHEZ MOI
HUM ?
......
EN FAIT...
DÉSOLÉ, MAIS AUJOUR-D'HUI J'AI REN-DEZ-VOUS.
HA...
HA BON ?
PAR-DON.
ZUT...
MAIS...
JE LE DÉRANGE...
TU PEUX Y ALLER MÊ-ME SI JE NE SUIS PAS LÀ.
ZUT
BAH...
J'IRAI LA PRO-CHAINE FOIS...
EXCU-SE.
C'EST BIEN NOR-MAL...
PLUS LE TEMPS PASSE...

ET PLUS MA TÊTE S'EMBROUILLE...
JE VIENS DE ME RENDRE COMPTE QUE J'AVAIS OUBLIÉ
DE RENDRE À YANO TOUS SES SOUVENIRS...
QUAND IL ÉTAIT MIGNON,
DÉTESTABLE,
QUAND IL SE CONDUISAIT COMME UN ENFANT,
OU MÉCHANT,
QUAND IL ÉTAIT GENTIL...
TOUT CE QUE YANO M'A LAISSÉ...
JE DOIS ARRÊTER DE M'EN REMETTRE AUX AUTRES...
ET ALLER DE L'AVANT.

DONC...
NOUS ALLONS BIENTÔT COMMENCER LA FABRICATION DE NOTRE MASCOTTE POUR LA FÊTE DE L'ÉCOLE.
VU QUE L'AN DERNIER, ON N'A PAS RÉUSSI À AVOIR UN PRIX...
J'AIMERAIS QUE TOUT LE MONDE FASSE UN EFFORT !
BREF, APRÈS AVOIR SONDÉ UN PEU LES IDÉES...
Idées de mascottes, classe 2-7
- éléphant
- pyramide
- lapin
VOUS CROYEZ FRANCHEMENT QUE C'EST AVEC ÇA QU'ON VA GAGNER ?!?
ENTRE LES TRUCS RONDS, TRIANGULAIRES, BLANCS... VOUS N'AVEZ QUE ÇA QUI VOUS VIENT !?
L'AN DERNIER, ON N'A MÊME PAS ÉTÉ DANS LES TROIS PREMIERS !! J'ENTENDS BIEN LAVER L'AFFRONT CETTE ANNÉE !!
HEU...
MAIS L'IMPORTANT, C'EST DE PARTICI...
POLTRON !! CETTE ANNÉE, ON VISE LA VICTOIRE PAR TOUS LES MOYENS !!
PERSONNE N'A D'AUTRES IDÉES....
QUELQUE CHOSE DE RÊVÉ...
AVEC DES MOTIFS COLORÉS, QUI POURRAIT SURPRENDRE LES GENS !?

HEU
HEIN
LA BARBE
UN TRUC RÊVÉ
COLORÉ ?
VOYONS VOIR
QUOI PAR EXEMPLE ?
HEIN ?
BIN, HEU...
HEU
CO-LO-RÉ...
UN...
UN PAON ?
HEIN ?
NON ?
UN TRUC RÊVÉ...
UN ARC-EN-CIEL ?
HEU...
PAS FACI-LE...
BAH, NON ...
BOF
PER-SONNE N'A D'IDÉE ?
UN ARC-EN-CIEL
PFUU
C'EST NUL...
HA.
OUI ?
ENFIN UNE MAIN...

BLA
BLA
HA...
YA...
YANO ?
HOOO
C'EST RARE
VAS-Y...
DISNEYLAND !
HOOO
HAAA
OUII
PAS MAL
ON CONSTRUIT UN CHÂTEAU...
ET ON MET DES PERSONNAGES UN PEU PARTOUT...
AVEC PLEIN DE LAMPES.
ALORS ?
CE...
C'EST UNE TRÈS BONNE IDÉE...
"JE VEUX ALLER À DISNEYLAND"
"HEIIIN !?"

EH BIEN...
VRAIMENT...
HEIN ?
- pyramide
- lapin
Disney-Land
Unanimité !
CLAP CLAP
....
YA...
YANO !
HEU...
MERCI BEAUCOUP POUR TON IDÉE DE DISNEY-LAND !
ÇA M'AIDE BEAUCOUP !
MERCI !

HA...
J'AI CRAQUÉ !

……
AU FAIT…
BON.
JE RETOURNE À LA RÉUNION.
RIEN À FAIRE…

QUAND JE VOIS LES YEUX DE YANO...
JE ME SENS FAIBLIR...
S'IL TE PLAÎT...
NE ME FAIS PAS DOUTER.

HA HA HA
TAKE !
ALORS ?
TU FAIS QUOI ?
HUM ?
ON VA AU PLAZA ?
ACHETER QUOI ?
SALUT
NANA, TU VAS OÙ ?

LYCÉE K
SHHH
VOILÀ LE BUS.
LE NÔTRE ?
PSHHHHH
OÙ EST MA CARTE ?
MOTO !
JE VIENS DE ME RAP-PELER UN TRUC...
HEIN ?

TU TE SOUVIENS DE CE MATIN ?
C'ÉTAIT LE DERNIER AVERTISSEMENT...
JE T'AVAIS DIT QUE TU REGRETTERAIS...
N'EST-CE PAS ?

DÉSOLÉ !
!
PSHUUU
BAM

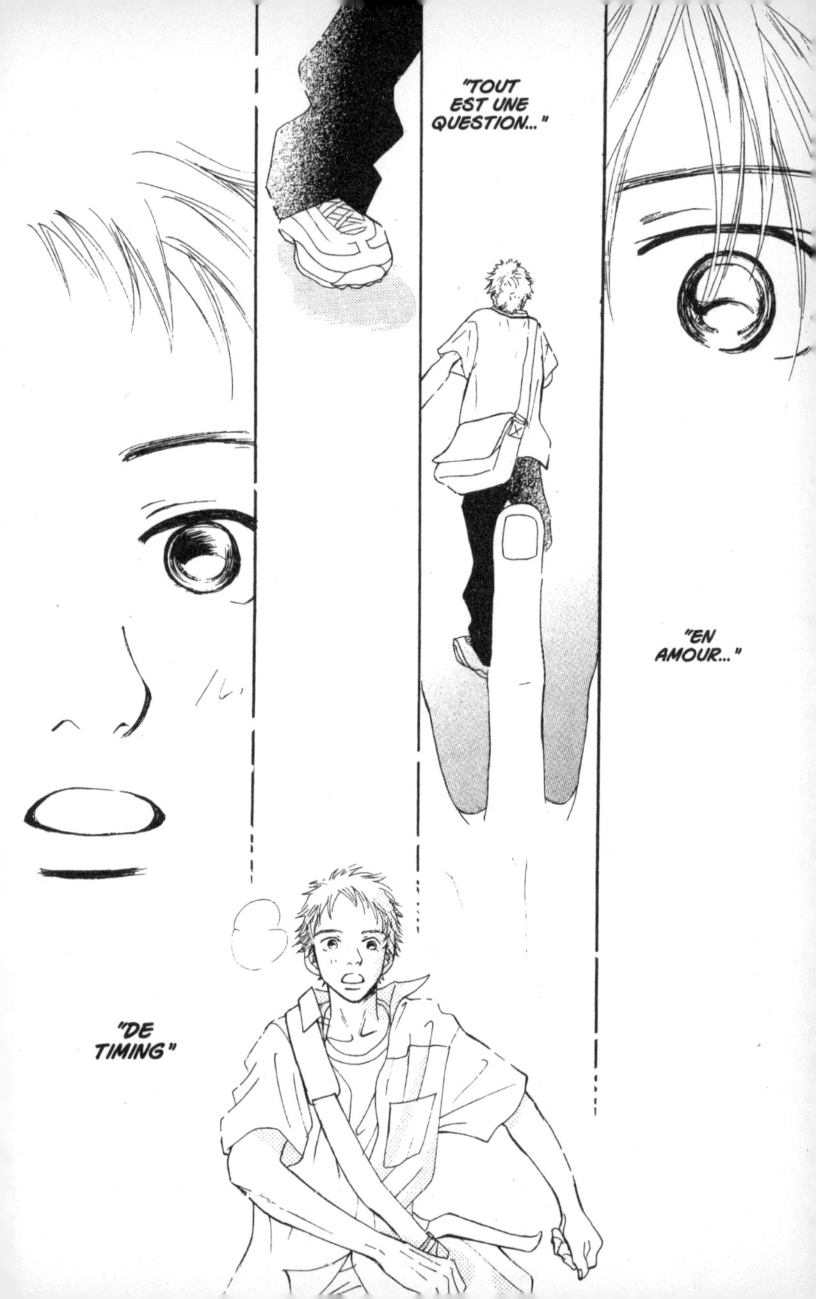
"TOUT EST UNE QUESTION..."
"EN AMOUR..."
"DE TIMING"

CHAN-
GEMENT DE
PROGRAM-
ME.
TU VEUX TOUJOURS VENIR LES VOIR ?

REVENIR EN ARRIÈRE...
PLUS POSSIBLE DE...

Chapitre 18

D D D D
......
......
QUE..
NON MAIS JE RÊVE !?
C'EST QUOI, ÇA !?
C... CALME-TOI !
ON EST DANS LE BUS
SORTIE MONNAIE

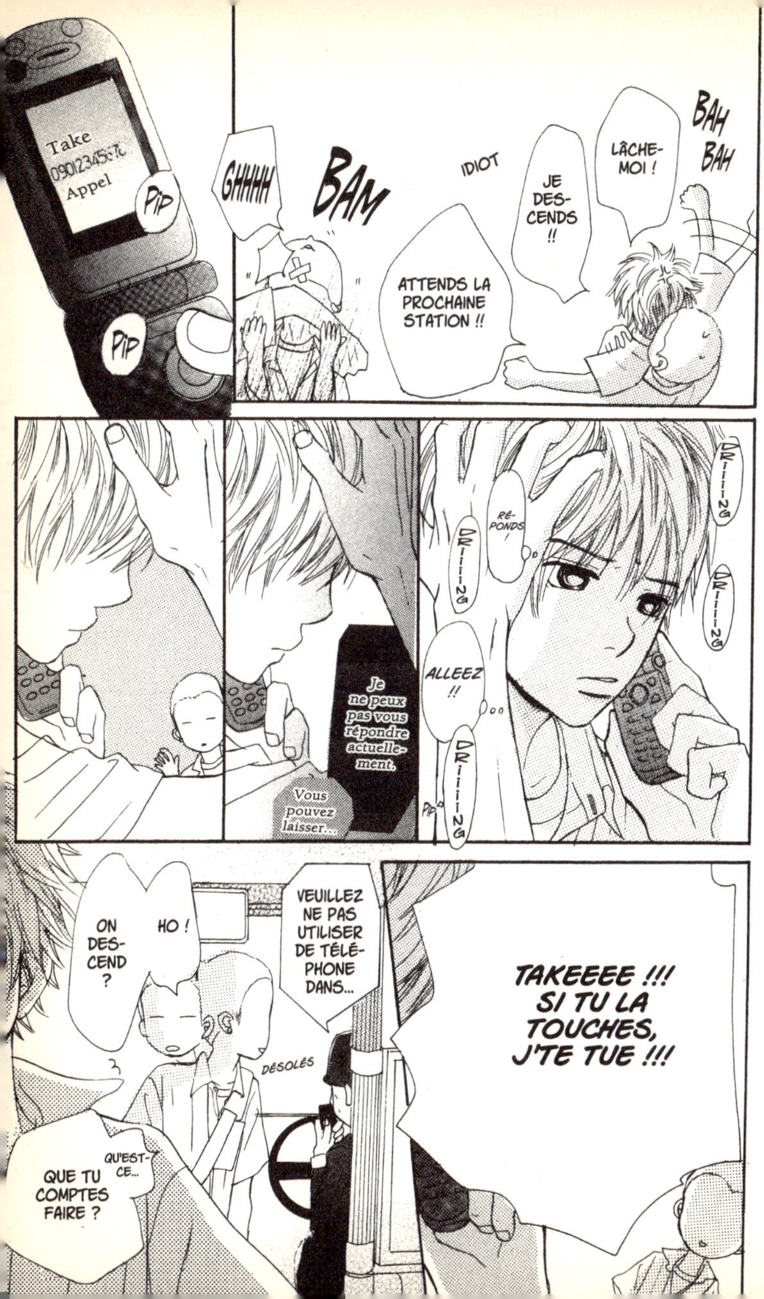

BAH BAH
LÂCHE-MOI !
JE DESCENDS !!
IDIOT
ATTENDS LA PROCHAINE STATION !!
BAM
GHHHH
Take
09012345678
Appel
PiP
PiP
DRIIIING
RÉPONDS !
DRIIIING
ALLEEZ !!
DRIIIING
PiP
DRIIIING
Je ne peux pas vous répondre actuellement.
Vous pouvez laisser...
TAKEEEE !!! SI TU LA TOUCHES, J'TE TUE !!!
VEUILLEZ NE PAS UTILISER DE TÉLÉPHONE DANS...
DÉSOLÉS
HO !
ON DESCEND ?
QU'EST-CE...
QUE TU COMPTES FAIRE ?

LES EMPÊ-CHER !
WOUAAAAAH !!! ♡
はっはっ
わんわんっ
ILS SONT TROP MI-GNONS !!
HUM...
OUI...
MIZUCHIN, TU VAS L'ÉTOUFFER

LÀ, JE ME SUIS SUPERBEMENT...
....
LOUPÉ, CÔTÉ TIMING...
DONNE-LE MOI
NOOON IL EST À MOI
ALLEEEZ
TAKEUCHI, TU PRENDS LA PHOTO ?
...
BAH...
HUM...
HA OUI ?
TU AS TROUVÉ QUELQU'UN POUR LES DEUX CHIOTS ?
ET LE DEUXIÈME IRA OÙ ?
ATTEEENDS
.....
HUM ?
CHEZ UN VOISIN.
OUI.
DES AMIS VIENNENT EN CHERCHER UN LA SEMAINE PROCHAINE.
J'AURAIS BIEN AIMÉ EN GARDER UN, MAIS BON
わんっ わんっ
HOO ! ALORS TU POURRAS LE REVOIR !
MM ?
MOUI...

1 message sur votre répondeur
"TAKEE ! SI TU LA TOUCHES ..."
....
....
....
À CE MOMENT...
J'AVAIS LE CŒUR QUI BATTAIT UN PEU, MAIS...
MIZUCHIN AUSSI EST VENUE ...
JE ME SUIS SÛREMENT FAIT...
DES IDÉES ?

......
ET PUIS À TROP RÉFLÉCHIR, ÇA DEVIENT DIFFICILE DE DISCUTER...
DIS...
HA.
OUI ?
HA.
EXCUSE.
C'EST MOI.
着信
2003
家
OUI ?
......
MASA ?
AYAKA, LA FRANGINE
MAMAN M'A DEMANDÉ DE TE DIRE DE VENIR RANGER LA LIVRAISON...
......
HA ...
OK, DÈS QUE JE RENTRE.
TU RENTRES QUAND ?
BIENTÔT ... JE NE SAIS PAS.
C'EST À QUELLE HEURE, ÇA ? C'EST PRESSÉ !

BIENTÔT, JE TE DIS !
J'OUBLIERAI PAS !
...PFUU...
LOURDE...
AU FAIT, TU ES OÙ...
EN CE MOMENT ?
Clic
Biiiiiip
IL N'EST VRAIMENT PAS BÊTE...
CE MÔME.
......
HA....
IL A COUPÉ...
ET... ZUT !
IL EST OÙ ??
MOI JE N'AI JAMAIS TOUCHÉ À SES COPINES !!

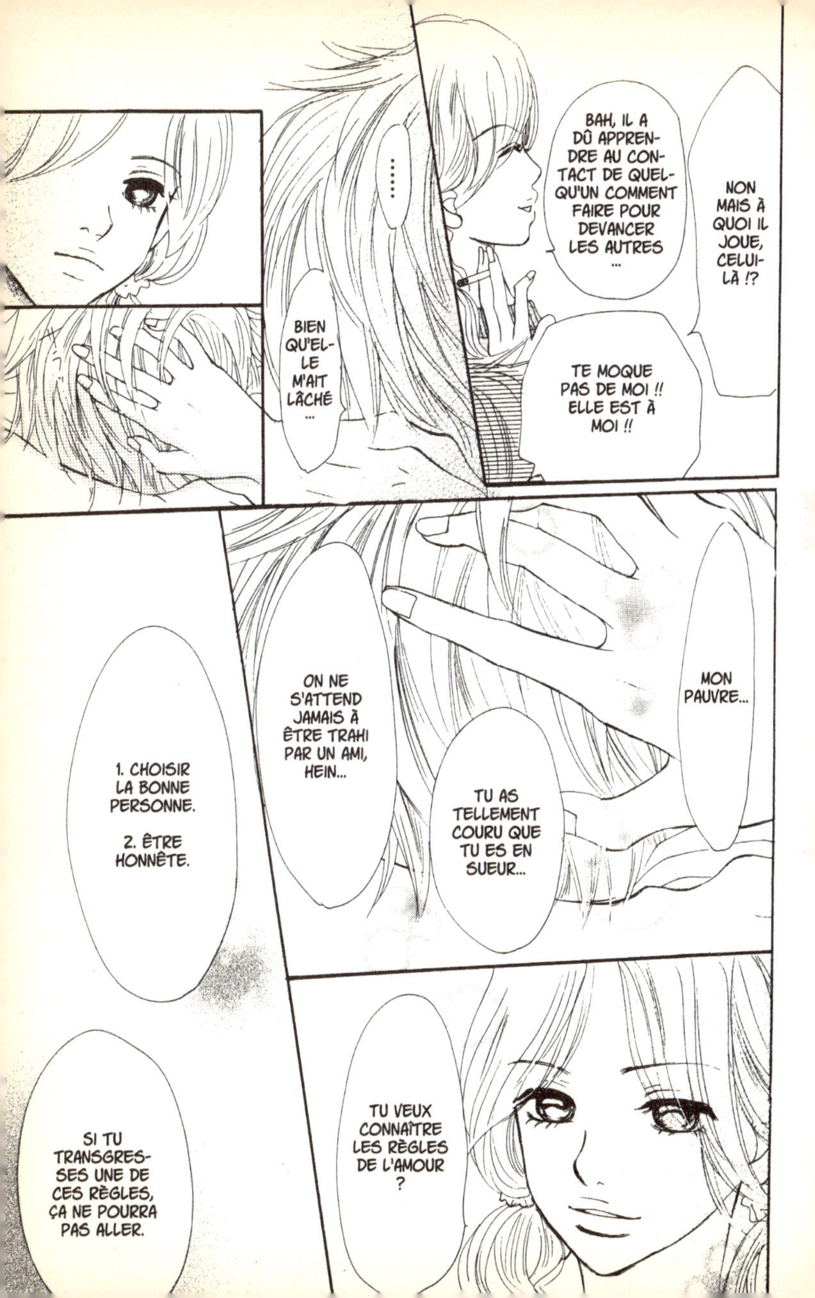
NON MAIS À QUOI IL JOUE, CELUI-LÀ !?
BAH, IL A DÛ APPRENDRE AU CONTACT DE QUELQU'UN COMMENT FAIRE POUR DEVANCER LES AUTRES ...
TE MOQUE PAS DE MOI !! ELLE EST À MOI !!
......
BIEN QU'ELLE M'AIT LÂCHÉ ...
MON PAUVRE...
TU AS TELLEMENT COURU QUE TU ES EN SUEUR...
ON NE S'ATTEND JAMAIS À ÊTRE TRAHI PAR UN AMI, HEIN...
TU VEUX CONNAÎTRE LES RÈGLES DE L'AMOUR ?
1. CHOISIR LA BONNE PERSONNE.
2. ÊTRE HONNÊTE.
SI TU TRANSGRESSES UNE DE CES RÈGLES, ÇA NE POURRA PAS ALLER.

C'EST QUOI, LA BONNE PERSONNE ?
ÇA NE SUFFIT PAS, D'ÊTRE AMOUREUX ?
LES GENS NE SE METTENT ENSEMBLE QUE S'ILS ONT DES POINTS EN COMMUN.
PFU
C'EST ÇA...
S'IL N'Y EN A PAS, AUTANT EN CRÉER !
PFUU..
IDIOT.
C'EST NUL, TOUT ÇA...
ET PUIS, QUAND ON TOMBE AMOUREUX...
ON A ENVIE DE SE DIRE QUE C'EST POUR LA VIE...
RIGOLE, SI TU VEUX.
EN GROS, CE QU'IL TE MANQUE, C'EST UN PEU D'HONNÊTETÉ.
UNE DERNIÈRE CHOSE...

SI JE ME SOUVIENS BIEN...
ILS ONT PRIS LE CHIEN ET SONT PARTIS À DROITE.
ILS DOIVENT ÊTRE AU PARC PRÈS DE...
....
AYAKA, CE N'ÉTAIT PAS PLUTÔT À GAUCHE ?
QUELLE MÉCHANCETÉ
HEIN ?
PFU, LA JEUNESSE...
NON RIEN.
AUTANT QU'ILS VIVENT LEURS ÉPREUVES ÉTANT JEUNES.
S'ILS ONT UN PEU DE CARACTÈRE, ILS SURPASSERONT CELA !!
TU PARLES... ÇA TE FAIT SURTOUT BIEN RIRE...
BATTEZ-VOUS, BATTEZ-VOUS, ET DEVENEZ DES HOMMES !
TOUS LES DEUX...
......
......

HA HA HA
わんっ わんっ
POM
HII
HII
...
JE FATIGUE...
HA
HAA
WOUAF
WOUAF
CAUSEZ, UN PEU !!
QU'EST-CE QU'ILS FONT, LES DEUX !?
AVEC TOUS LES EFFORTS QUE JE FAIS...
......
......
MI...
MIZUCHIN A L'AIR D'ADORER LES CHIENS !
SURPRENANT
DU COUP JE SUIS RESTÉ CLOUÉ...
C'EST CLAIR ! HA HA !
ELLE N'A PAS L'AIR DE SE LASSER !
JE SUIS COMPLÈTEMENT PARTI DANS MES PENSÉES EN LA REGARDANT...
FAUT DIRE, ELLE EST MARRANTE !
J'ESPÈRE QU'ELLE N'EST PAS MAL À L'AISE.
C'EST PAS LE MOMENT...
JE NE VOUDRAIS PAS LA CONTRARIER...
MAIS POURQUOI EST-CE QUE...
L'AMBIANCE EST SI...
ET DU COUP, LE TEMPS A FILÉ COMME UN RIEN...

HAAA HAAA ...
...
J...
JE...
ME RE-PO-SE...
GHHH
GHHH
HAA !!
PAS DU TOUT !!
PARDON !! JE VOUS DÉRANGE ??
MOI ALORS...
"PAS...
DU TOUT"

HUUUM
......
HUM... BON...
QUE... JE...
SHHH
JE DOIS ME FAIRE DES IDÉES...
À QUOI JE PENSE, MOI !?
ET PUIS...
JE SUIS L'EX DE SON MEILLEUR COPAIN.
C'EST PAR PURE POLITESSE QU'IL EST GENTIL AVEC MOI...
C'EST ÉVIDENT, CE N'EST QUE POUR CELA !
HAA
HAA
HAA
WOUAAAAAH

ELLE M'A ROULÉ !!
ESPÈCE DE... !!
EN-FIN ...
C'ÉTAIT À PRÉ-VOIR !!
AVEC UN CHIEN... UN CHIEN... AU BORD DE LA RIVIÈRE !?
....
MAIS QU'EST-CE QUE JE FAIS...
MOI... ?
C'EST PAR LÀ, LE BUS ?
OUI,
C'EST PLUS PRÈS.

......
LE BUS VA ARRIVER BIENTÔT.
HA... BON ?
TAKAHASHI !
JE N'AI TOUJOURS PAS ACCEPTÉ QU'ON SE SOIT SÉPARÉS.
JE NE SUIS PAS D'ACCORD.
JE NE CONSIDÈRE PAS UNE SECONDE...
QUE L'ON SE SOIT SÉPARÉS.

VOILÀ LE BUS.
VAS-Y.
OU... OUI...
TAKAHASHI !
TU CROIS QUE TA SEULE PRÉSENCE NE SUFFIT PAS...
MAIS ÇA, C'EST À MOI DE DÉCIDER !
SI JAMAIS C'EST MOI, QUI NE SUFFIT PAS...
JE FERAI TOUT CE QUE JE POURRAI !!
N'IMPORTE QUOI !!

JAMAIS JE N'ARRÊTERAI !
JE....
JE FERAI TOUT !!
POUR TOI, JE FERAI...
TOUT CE QUE JE POURRAI !!
ÉCOUTE-MOI !!
!

"J'ATTEN-DRAI"
"JUSQU'À"
"CE QUE"
"TU REVIENNES"

"VERS MOI"
VRRR

"JE T'ATTEN-DRAI"
...
VOTRE PAIE-MENT !
HA !
OUI !
CLING
CLING

POURQUOI EST-CE QU'IL ME DIT CELA...
SEULEMENT MAINTENANT ?
"JE T'ATTENDS"...
....
GN...
GN...
....
HEU...
GN...
....
LA FERME...
ME PARLE PAS !
TU ME DÉGOUTES...
GN...
GN...
TU VEUX ESSAYER ?
JE T'AI DIT QUE JE TE TUERAIS SI TU LA TOUCHAIS...
MAIS CE N'ÉTAIT PAS DES PAROLES EN L'AIR.
FAIS GAFFE

......
JE SUIS PRÊT...
LA GUERRE A COMMENCÉ, ON DIRAIT...
ÇA FAIT PEUR, HEIN...
LE CHIEN ?
......
バス
HA..
C'EST À ELLE, ÇA, NON ?
HEIN ?
COMMENT TU LE SAIS ?
PARCE QUE ÇA LUI RESSEMBLE...
HÉ ! HOO !
RENDS !
NON !
ガラッ
酒屋
MASA, OÙ EST-CE QUE TU AS TRAINÉ, EN UNIFORME ?
BIN... PAS LOIN...
LES LIVRAISONS S'ENTASSENT !!
27

TU AS VU MOTO ?
IL TE CHERCHAIT...
HUM ...
CLING
OUI.
TU ÉTAIS AVEC SA COPINE, AUJOURD'HUI, NON ?
HA,
OU SON EX, PLUTÔT ?
PFUU.
CE QUI VEUT DIRE...
HUUUM ...
HA HA.
ARRÊTE !
FU FU.
TU AS PLUS DE CRAN...
QUE JE NE LE PENSAIS.
ACCROCHE-TOI ! ♡
....

WOUAF
WOUAF
HOO !
TIENS, TON JOUET.
WIF WIF
C'EST TA RÉCOMPENSE, PARCE QUE TU ES DÉJÀ PROPRE.
WOUAF WOUAF WOUAF
IL TE PLAÎT ?
....
TANT MIEUX.
MOTOHARU !
TU ES RENTRÉ ?
LE BAIN EST PRÊT, SI TU VEUX !

HA.
INTER-DICTION D'EMMENER CE CHIEN !
MAIS ÇA NE ME GÊNE PAS...
MOI SI !!
AU FAIT,
TU AS RENDU LA FEUIL-LE...
DE SOUHAIT D'ORIEN-TATION...
SANS NOUS LA MON-TRER, HEIN ?
C'EST MOI QUE ÇA RE-GARDE, NON ?
C'EST UN PRO-BLÈME DE FAMILLE !
PARLES-EN AVEC TON PÈRE !
......
CE SONT LES PARENTS ...
QUI PAIENT, HEIN ?

CE SERAIT BIEN SI TU POUVAIS...
REVOIR NANA TRÈS VITE.
......
BLA BLA
NON
SÉRIEUX
ET PUIS ÇA
HA HA HA
IDIOT
ÇA
IDIOT !

TU LUI AS DIT ?
MOI ?
NON...
......
ON Y VA ?
VOUS ALLEZ OÙ ?
AUX TOI-LET-TES.
MOUAIS
HA
HA,
YA...
PIPI ROOM TIME !!
QUOI ?
HA HA HA
CLAC
TAP TAP TAP
CLANG

QUOI ?
HEU...
ELLE ...
A ÉTÉ REJETÉE...
À LA RÉUNION.
HA.
HEU...
TON...
TON IDÉE DE DISNEYLAND, POUR LA FÊTE DE L'ÉCOLE...
HEU...
HA ?
DÉSOLÉE, C'ÉTAIT UNE BONNE IDÉE, POURTANT.
MAIS DISNEY EST ASSEZ TATILLON SUR LES DROITS D'AUTEUR, ET...
HA...
BON...

C'EST TOUT ?
HEIN ?
HEU OUI.
...
SSSS
CLAC
...
"JE T'ATTENDRAI"
...IL PEUT BIEN ME DIRE CELA...
DIS...
MOI, QU'EST-CE QUE JE DOIS FAIRE ?
TU NE TROUVES PAS QU'ELLE EST SUPER MIGNONNE, QUAND ELLE DÉTACHE SES CHEVEUX ?
HEIN !?
ALORS ?
NON, PAS SPÉCIALEMENT.
HA ?
TU TE FAIS DES IDÉES.
C'EST LA MÊME COIFFURE QUE QUAND JE L'AI DÉSHABILLÉE...
QUE VEUT-ELLE ME DIRE ?

C'EST SANS ESPOIR, JE N'ARRIVE MÊME PLUS À ME CON-CENTRER EN CLASSE...
HA ?
2-7
喫茶
7月
TAP TAP TAP
HA HA HA HA
DONNE LE SPRAY
TAKAHASHI, TU N'AS RIEN À ME DONNER À FAIRE ?
HEU...
FAIS LA PEINTURE !
JE VIENS DE FI-NIR.
TU DOIS PORTER ÇA ?
HA, OUI.
PASSE !
HA, MERCI.

HÉ BIEN !
IL EST SACRÉMENT DISPONIBLE, CETTE ANNÉE !
PAS COMME L'AN DERNIER
....
QUE...
QU'EST-CE QUE...
TAKAHASHI ! APRÈS ?
OUI !
TAKAHASHI ? C'EST FINI !
ALORS ÇA...
TAKAHASHI ! JE VAIS LE PRENDRE !
HA, HUM.
TAKAHASHI !
YANO !!
J'AI BIEN COMPRIS QUE TU VOULAIS AIDER !!
ALORS JE VAIS TE LAISSER UNE GROSSE RESPONSABILITÉ !
...
NOUVEAU RESPONSABLE DE LA PARTIE CAFÉ
......
HÉ, TU N'ÉTAIS PAS VERS LES LAMPIONS ?

LES LAMPIONS SONT DEHORS
ELLE ...
M'A RE-JETÉ ?
HA HA HA HA
......
FUUU
ON T'AMÈNE À BOIRE,
TIENS !
HA ?
HO, MERCI ! METS-LE LÀ.
TAKEUCHI !
GHH.
J'AI HOR-REUR DES TRUCS SUCRÉS.
ミルクコーヒー

CAFE LATTE
……
TU VAS OÙ ?
HÉÉ ? QUOI ??
HOOOO
UNE BOISSON SUCRÉE ?
TU N'AIMES POURTANT PAS ÇA...
JE VAIS LA BOIRE, MOI !
LÂCHE-MOI !
ELLE M'A COLLÉ À L'INTÉRIEUR, DU CÔTÉ DU CAFÉ, MAIS ATTENTION...
JE NE PLAISANTE PAS, AUCUNE TENTATIVE PENDANT LES PRÉPARATIFS DE LA FÊTE !!
PFU, TU T'ES ENCORE FAIT REFOULER... ET QU'EST-CE QUE TU FAIS DEHORS, ALORS ?
NANA, JE PEUX TE PARLER ?
HAAA
CACHONS-NOUS.
ELLE VA REMARQUER QUE TU ES PARTI
IL ME SEMBLE QUE TAKEUCHI EST AMOUREUX DE TOI, MAIS...

MAIS ... NON...
REGARDE MIEUX !
......
M... MAIS...
TAKEUCHI EST L'AMI DE YANO, NON ?
IL NE TOMBERAIT PAS AMOUREUX DE L'EX D'UN AMI !?
CE N'EST PAS LE GENRE.

QU'EST-CE QUE TU COMPTES FAIRE ?
EN L'ÉLOIGNANT AU CAFÉ
AVEC TOUT CE QU'IL FAIT POUR TOI !
......
TU PENSES QUE VOUS ALLEZ VOUS REMETTRE ENSEMBLE ?
BAH ...
VU COMME ÇA...
IMPOSSIBLE.
ELLE EST CONVAINCANTE !
HUUM
ET YANO ?
POM POM
ÇA ME...
GÊNERAIT SI YANO TENTAIT QUOI QUE CE SOIT.

JE NE SAIS PAS COMMENT RÉAGIR, AVEC LUI.
JE VOU-DRAIS QU'IL ME LAISSE.
POUR L'INSTANT...
JE VOUDRAIS JUSTE RÉFLÉ-CHIR SEULE.
......
HÉ !

C'EST PAS SI GRAVE...
JE NE ME SUIS PAS FAIT REFOULER !
MOI AUSSI, JE COMPRENDS...
JE PRÉFÈRE ENCORE ÇA QUE...
DE DEVOIR DISPARAÎTRE ET NE RIEN POUVOIR FAIRE !
DE SE FAIRE REFOULER...
J'AI DE LA CHANCE !
HEIN ?

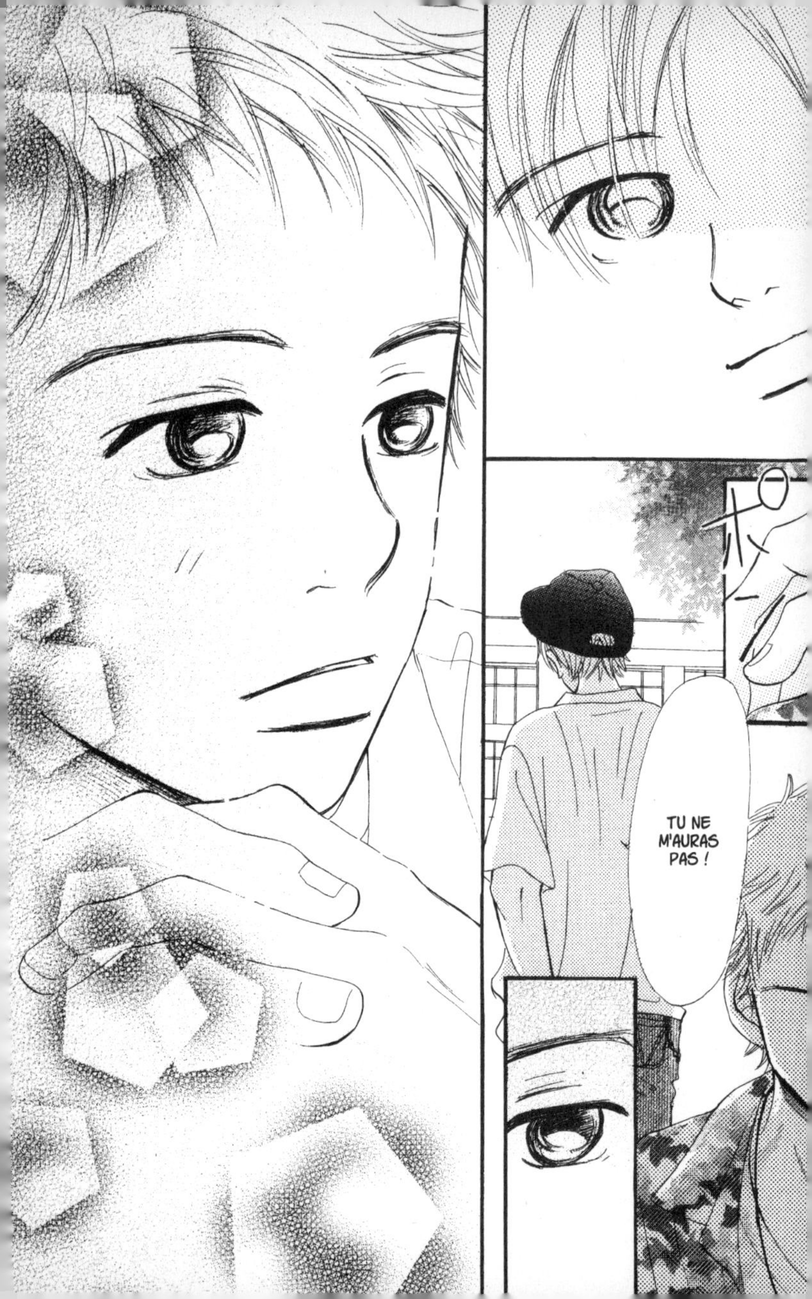
TU NE
M'AURAS
PAS !

HA HA HA
HO !
VOUS AVEZ BIEN AVANCÉ, POUR LES LAMPIONS !
ET VOUS, AU CAFÉ ?
IMPEC-CABLE !
VIENS VOIR !
HA...
DIS...
YANO PARTICIPE BIEN ?
?
BIEN SÛR, POUR-QUOI ?
HA,
RIEN.
JE ME DEMAN-DAIS S'IL NE SÉCHAIT PAS...
L'AN DERNIER IL N'EST PRESQUE PAS VENU ALORS...
DEPUIS ÇA, JE NE L'AI PAS REVU ALORS ...
JE ME DEMAN-DAIS S'IL N'ÉTAIT PAS PARTI...
MAIS BON ...
IL EST LÀ...

Chapitre 19

WHOUAH HA HA
WIP
......
HA HA HA
ARRÊTE !

TANT MIEUX...
IL A L'AIR EN FORME...
COMME À SON HABITUDE.
POURQUOI...
LES GENS QUI S'AIMENT SE SÉPARENT-ILS...
ALORS QU'ILS NE VEULENT PAS SE FAIRE MAL ?

ガヤ
ガヤ
NANAAA !!
ICI !
ICI !
TU N'AS PAS MIS TON KI-MONO ?
ET TOI ALORS ?
ET PUIS ON N'EST QU'ENTRE FILLES, ALORS...
CECI DIT...
NANA, TU N'ÉTAIS PAS INVI-TÉE, CET-TE AN-NÉE ?
HEIN ?
PAR YANO...
HA...
NON.
JE ME SUIS DEMANDÉE COMMENT RE-FUSER S'IL M'APPELAIT...
MAIS IL NE L'A PAS FAIT.
SÉRIEUX ?
ET TAKEUCHI ?
POURQUOI IL M'APPEL-LERAIT ?
ARRÊTE DE ME FAIRE RÉPÉTER, MIZUCHIN !
MÊME SI J'AVAIS PRÉVU DE REFU-SER...

POURQUOI EST-CE QUE JE SUIS SI...
DÉÇUE ?
ON VA S'AMUSER ENTRE FILLES !!
わはは
YA...
YANO SENPAI * !!
*"SENPAI" VEUT DIRE "AINÉ" EN JAPONAIS.
HEU... DIS...
TU POURRAIS NOUS ATTRAPER DES POISSONS ROUGES ?
QUOI !?
IL PARAÎT QUE TU ES FORT !
ET COMME J'EN VEUX ABSOLUMENT UN...
VA EN ACHETER AU MAGASIN, EN PLUS TU AURAS DE LA MONNAIE !
S'IL... S'IL TE PLAÎT...
SENPAI ?
C'EST QUI ?
C'EST CE QU'ELLE A DIT...
1ère ANNÉE ?
JE SAIS MIEUX FAIRE LES GAUFRES, MAIS BON...
まぁいっか

WOUAAAAAH !!! ♡
IL L'A PÊCHÉ POUR MOI !
YANO SENPAI !
NON !?
C'EST VRAI !?
MONTRE !
IL M'A DIT QUE ÇA ME COÛTERAIT MOINS CHER COMME CELA.
REGARDE COMME IL EST GROS !!
......
IL EST GENTIL !
J'AI EU RAISON DE DE-MAN-DER !
HUM...
IL EST LÀ..
JE VAIS EN PRENDRE SOIN TOUTE MA VIE
YANO EST LÀ...
ON DIRAIT, OUI...
IL EST LÀ
HÉLÀ !!
NOUS AUSSI, ON VA S'AMU-SER !!
NOUS, ON VA PÊCHER DES TOR-TUES !!
BAM BAM
DES ... TOR-TUES ?

IL EST AVEC QUELQU'UN D'AUTRE.
DITES...
VOUS NE TROUVEZ PAS QUE...
LES SOIRS D'ÉTÉ DONNENT ENVIE DE VOIR CELUI QU'ON AIME ?
HÉÉ ! IL EST VIVANT ?
PLIC
RATÉ
HAA !
PAS FACILE !
UNE PARTIE.
COMME QUAND IL NEIGE, AUX CERISIERS, LES SOIRS D'AUTOMNE...
HUUUM
J'AI HORREUR D'ÊTRE SEULE...
TOUTE L'ANNÉE, QUOI...
"J'AI HORREUR D'ÊTRE SEULE"
HOO ! IL EST DOUÉ !
HÉ...
MI... MIGNONNE ?
VOILÀ !
DIS, ON VA OÙ, APRÈS ?
HUM...
TIENS !
HEIN ?
C'EST PARCE QUE TU ES MIGNONNE.
HOO ! SYMPA ! PRENDS-LE NANA !
ALLEZ, PRENDS !
JE... JE PEUX ?

EXCUSE-MOI ! ÉVITE DE FAIRE CELA...
À MA COPINE !
HÉ...
VIENS !
QU...
QUE... ?

HÉÉ !?
C'EST UN PIÈGE !
COMMENT ?
IL EST DE MÈCHE AVEC LE STAND...
IL TE DONNE LA TORTUE, MAIS TE VEND APRÈS DE LA NOURRITURE TRÈS CHÈRE !
HA BON ?
ET VU QUE C'ÉTAIT UN CADEAU, C'EST DUR DE REFUSER...
HÉ... ÇA ALORS...
St. Patric

HEM !!
DÉSOLÉ D'AVOIR DIT QUE TU ÉTAIS MA COPINE...
C'ÉTAIT POUR FAIRE COURT
かあ
HEU...
C'EST PAS GRAVE !
MERCI !
TU VAS PERDRE MIZUCHIN ET LES AUTRES...
NON.
C'EST BON.
JUSTE-MENT, UN MAIL...
WHOUA ...
Bonne chance avec Takeuchi ! ☆
BON, J'Y VAIS, MOI.
ÇA IRA ?
HEU...
OU... OUI.
POUR-QUOI EST-CE QUE TAKEU-CHI...
ME REGAR-DE SI GENTI-MENT ?
TU T'Y CON-NAIS !
BAH...
J'AI UN COPAIN À QUI ON AVAIT PROPOSÉ DE FAIRE ÇA...

JE DOIS RETROUVER DES COPAINS D'ENFANCE.
ENTRE MECS.
HA, OUI !
À PLUS !
... IDIOTE.
QU'EST-CE QUE J'ESPÉRAIS... ?
"J'AI HORREUR...
D'ÊTRE SEULE"
TAKAHASHI !

SI JAMAIS TU RISQUES À NOUVEAU D'AVOIR DES ENNUIS, PRÉVIENS-MOI.
JE VOLERAI À TON SECOURS !

ELLE DIT QUE TAKEUCHI ET YANO SONT AMIS, ALORS QUE C'EST IMPOSSIBLE.
HUUM ...
BAH, SI YANO A ÉTÉ LARGUÉ POUR CE QU'ON SAIT, ÇA N'IRA PAS MIEUX POUR TAKEUCHI.
ENFIN, S'IL EST AMOUREUX DE NANA, HEIN.
"SI...
HÉ ?
TAKEUCHI EST PARTI ?
OUI.
ÉVIDEMMENT !
ÉVIDEMMENT ?
NANA, T'ES PAS UN PEU ROUGE ?

*Sorte de boule de pâte avec un morceau de poulpe dedans.

DAM DAM
WHOUA HA
TU CROIS...
QU'ELLE EST ENCORE VENUE EN KIMONO ?
......
IL NE L'A PAS VUE.
BOF.
JE NE PENSE PAS.
ELLES DOIVENT SORTIR ENTRE FILLES, ET SE FAIRE AVOIR PAR TOUS LES MARCHANDS VÉREUX...
VÉREUX ?
MAIS NON.
CES GARS-LÀ NE S'ATTAQUENT PAS À DES FILLES AUSSI FRAGILES.
......
FINALEMENT...
MMM...
TU ES UN TYPE BIEN.
HA HA HA HA

JE PENSE...
QUE JE VAIS BIENTÔT ME DÉCIDER.
HUM...
QUAND ?
MOI...
JE NE SUIS PAS AUSSI FACILE QUE TOI...
JE NE SUIS PAS DU GENRE À GARDER UNE AMITIÉ QUOI-QU'IL ARRIVE.
C'EST QUOI, ÇA ?
UNE MENACE ?
JUSTE LA VÉRITÉ.

J'AURAIS BIEN AIMÉ...
ÊTRE COMME TOI.
......
DIS...
L'AUTRE FOIS, TU AS DIT À NANA QUE TU L'ATTENDAIS, MAIS...
TU SAIS QUE S'IL Y A ENCORE UN PROBLÈME, C'EST ELLE QUI VA SOUFFIR !
TU N'AS TOUJOURS PAS FAIT TON DEUIL.
ÇA NE PEUT PAS ALLER.
TU NE PEUX PAS ENCORE.
HEIN ?
CELLE QUE TU AIMES, C'EST LA NANA D'AVANT.
......
ELLE EST MORTE.
PAS DANS TON CŒUR.

C'EST POUR ÇA QUE TU NE PEUX PAS SORTIR AVEC ELLE.
J'Y VAIS.
WHOUAAA
COMBIEN DE PHOTOCOPIES ?
TU AS L'AIR BIEN PENSIF !
OUI !
JE N'ARRIVE PAS À CALCULER DE FAÇON À FAIRE DES PROFITS !
YANO.
CE N'EST PAS IMPORTANT.
DU MOMENT QU'ON N'EST PAS EN DÉFICIT.
C'EST JUSTE LA FÊTE DE L'ÉCOLE !
SI LE MENU EST TROP CHER, PERSONNE NE VIENDRA

HEIN ?
ON TRAVAILLE GRATUITE-MENT ?
MALGRÉ TOUS NOS EFFORTS ?
ON NE POURRAIT PAS AU MOINS RÉCUPÉ-RER UN PEU ?
LÀ, ON A L'AIR IDIOT...
......
CET-TE AN-NÉE ENCO-RE...
LEUR RIVALI-TÉ...
A REPRIS...
......
TU AS RAI-SON...
HEIN ?
MENU
150 ¥
200 ¥
ON LAISSE LES BOIS-SONS...
ET ON AUGMENTE LE MENU.
PAR CONTRE, ON MET UNE COMPENSA-TION.
HOO !
PAS MAL !
ET SI ON VEND BIEN, ON POURRA MANGER GRATOS
C'EST SÛR QUE COMME CELA...
TOUT LE MONDE SERA PLUS MOTIVÉ.

DIS, JE PEUX...
TE POSER UNE QUESTION ?
COMMENT ON FAIT...
POUR OUBLIER QUELQU'UN DE MORT ?
COMMENT EST-CE QU'ON...
FAIT LE VIDE ?
S'IL TE PLAÎT...
RÉPONDS-MOI.

C'EST IMPOSSIBLE...
D'OUBLIER.
JAMAIS...
ÇA VA ?
JE VIENS PRENDRE DU SCOTCH
HA. OUI.
ILS S'ENTENDENT BIEN CETTE ANNÉE, TOUS LES DEUX.
L'AN DERNIER, RIEN QUE DE SE VOIR, LE TON MONTAIT !
HA, OUI...
VA SAVOIR POURQUOI...
WHOUAH HA HA
ARRÊTE
SÉRIEUX C'EST LOURD

43e FÊTE DE L'ÉCOLE K
2-7 CAFÉ ASIATIQUE !
BEAUCOUP DE BOISSONS ET DE GÂTEAUX !
RÉDUCTIONS DE COUPLE !
... FIOUU ...
IL FAIT CHAUD, HEIN !
ON N'AURA PAS ASSEZ DE TRACTS.
CADEAU !!
VOUS AVEZ SOIF !?
ON AURAIT DÛ FAIRE PLUS DE COPIES
NANA !
HA !
C'EST FRAIS, C'EST BON !

OUI, C'EST BON !
C'EST QUOI ?
C'EST QUOI CES FEUILLES ?
MIZUCHIN, C'EST SYMPA !
ÇA VIENT DE YANO.
HÉ...
HÉÉ...
HO !
ÇA FAIT UN BAIL !
IL A DIT QUE ÇA DEVAIT ÊTRE DUR, LA DISTRIBUTION SOUS LA CHALEUR.
2-7 CAFÉ ASIATIQUE
JE PRENDS VOTRE COMMANDE !
C'EST ICI
DEUX THÉS GLACÉS !
QU'EST-CE QU'ELLES VIENNENT FAIRE...
GHHH
ZAM
Hiii

BIEN-VENUE.
PFU
QUELLE TENUE !
UN THÉ GLACÉ.
HEU...
LA MÊME CHOSE QUE TOUT À L'HEURE.
HEU ...
CE...
UN SHAKE SPÉCIAL SUGGESTION DES CHEFS...
HA ?
C'EST ÇA, LE NOM ?
C'ÉTAIT TRÈS BON, C'EST QUOI ?
UN MORCEAU DE BANANE, DU LAIT, DE LA GLACE ET DU SIROP.
MENU
CAFÉ 150 ¥
THÉ GLACÉ 200 ¥
THÉ OOLONG 150 ¥
MENU SPÉCIAL
SPÉCIAL SHAKE, SPÉCIALITÉ DE YANO.
PHOTO
500 YENS
WHOUA ! C'EST DU VOL !
VOUS AVEZ CHOISI ?
....
HEU...
...
OÙ EST-CE ASIATIQUE ?
HA.
ICI.
......
BAMBOU
VENDU 10 ¥
LÉGER...
SCRITCH SCRITCH

IL N'Y A PAS DE TRAVAIL, AUJOURD'HUI ?
Rentre ! Vite !
JE COMMENCE TARD.
VOUS ÉTIEZ AUSSI DANS CETTE ÉCOLE ?
HA ?
JE SAVAIS PAS
Et dis rien de trop !
AU FAIT...
Je ne te ferai plus confiance
VOUS FAITES TOUJOURS LES DÉCLARATIONS D'AMOUR, APRÈS LA FÊTE DE L'ÉCOLE ?
HA BON ?
ÇA SE FAIT ENCORE ?
NOSTALGIE...
MOI AUSSI, UN GARÇON M'AVAIT FAIT UNE DÉCLARATION ET JE SUIS SORTIE AVEC SANS RÉFLÉCHIR.
ON S'EST SÉPARÉS TOUT DE SUITE, MAIS BON
......
HEU...
C'EST UN PEU DUR, DE DISCUTER ICI...
MOTO !! ON PREND À EMPORTER !
......
BIEN...

CE SONT DE BONS SOUVENIRS.
AU FAIT, TU AS UN AUTRE COPAIN ?
HEIN ?
J'AI SU QUE VOUS VOUS ÉTIEZ SÉPARÉS.
PEUT-ÊTRE QUE TU EN AIMES UN AUTRE ?
HA...
NON... PAS DU TOUT.
ET PUIS DE TOUTE FAÇON...
JE N'AI PAS ENCORE FAIT LE MÉNAGE DANS MES SENTIMENTS.
ALORS POUR L'INSTANT...
LE MÉNAGE ?
DIS...
TU CONNAIS LE MOYEN D'OUBLIER UNE HISTOIRE D'AMOUR ?

HEU...
EN VIVRE UNE AUTRE !
SE PLONGER DANS LE PRÉSENT.
SANS RÉFLÉCHIR...
SE LANCER !
ET SI CE NOUVEL AMOUR EST SINCÈRE...
L'ANCIEN DEVIENDRA TOUT NATURELLEMENT DU PASSÉ.

ON NE VIT PAS AUTRE CHOSE PARCE QU'ON A OUBLIÉ L'ANCIEN...
ON OUBLIE L'ANCIEN GRÂCE AU NOUVEAU !
UN CŒUR BLESSÉ PAR L'AMOUR SE RÉCHAUFFE PAR L'AMOUR !
HA...
CE...
VOUS PARLEZ DE MOI ?
OU DE...
ÇA... ?
RÉFLÉCHIS BIEN...
ET DÉCIDE.
QUOI QUE TU FASSES...
OU QUE TU NE FASSES PAS...
C'EST TOUJOURS À TOI...
DE CHOISIR.

C'EST TOUJOURS À TOI...
DE CHOISIR.
BIEN ...
COMMENT VA-T-ELLE LE PRENDRE ?
C'EST FINI ?
FATIGUÉE !!
IL RESTE BEAUCOUP !
INCROYABLE, MALGRÉ CE MENU DE VOLEUR...
YAMAMOTO, TU ES GÉNIALE !
ON VA METTRE LES POUBELLES DEHORS
WOUAH !
C'EST GRÂCE À YANO.
HOOO
EN LIGNE !
WHOO
ALORS, ON Y VA ?
ENCORE DIX MINUTES
ILS RÈGLENT ENCORE LA CIRCULATION ...

WOUAAH
EN LIGNE
EN LIGNE
"DANS TON CŒUR, ELLE N'EST PAS MORTE."
"TU NE PEUX PAS."
"JE NE POURRAI PAS TE RENDRE HEUREUX."
"JE VAIS BIENTÔT..."
"ME DÉCIDER."

DIS.
C'EST VRAIMENT OK ?
DE SORTIR AVEC MOI...
JE SUIS CONNUE POUR ÊTRE IDIOTE.
HEIN ?
TA RÉPUTATION VA EN PRENDRE UN COUP !
C'EST RIDICULE.
C'EST CEUX QUI LE DISENT QUI LE SONT.
HA HA
......
TU TE CONSIDÈRES TOI-MÊME IDIOTE, HEIN ?
OUI !
J'EN SUIS BIEN CONSCIENTE !
ALORS SURTOUT...
NE DIS PLUS JAMAIS CELA DE TOI.
PAS DU TOUT !
ON EST IDIOT JUSTEMENT PARCE QU'ON NE S'EN REND PAS COMPTE.
"IMPOSSIBLE POUR TOI."

WOUAH
J'AI GLISSÉ !
IDIOTE !
C'EST CELUI QUI LE DIT QUI L' EST !

LAISSE CELA SE TRANSFORMER EN SOUVENIRS...

WOUAH
LE PASSÉ EST AUSSI IRRÉEL QU'UN RÊVE.
RÉALISE CELA TRÈS VITE...
ET LAISSE TOUT ÇA SE TRANSFORMER EN SOUVENIRS.

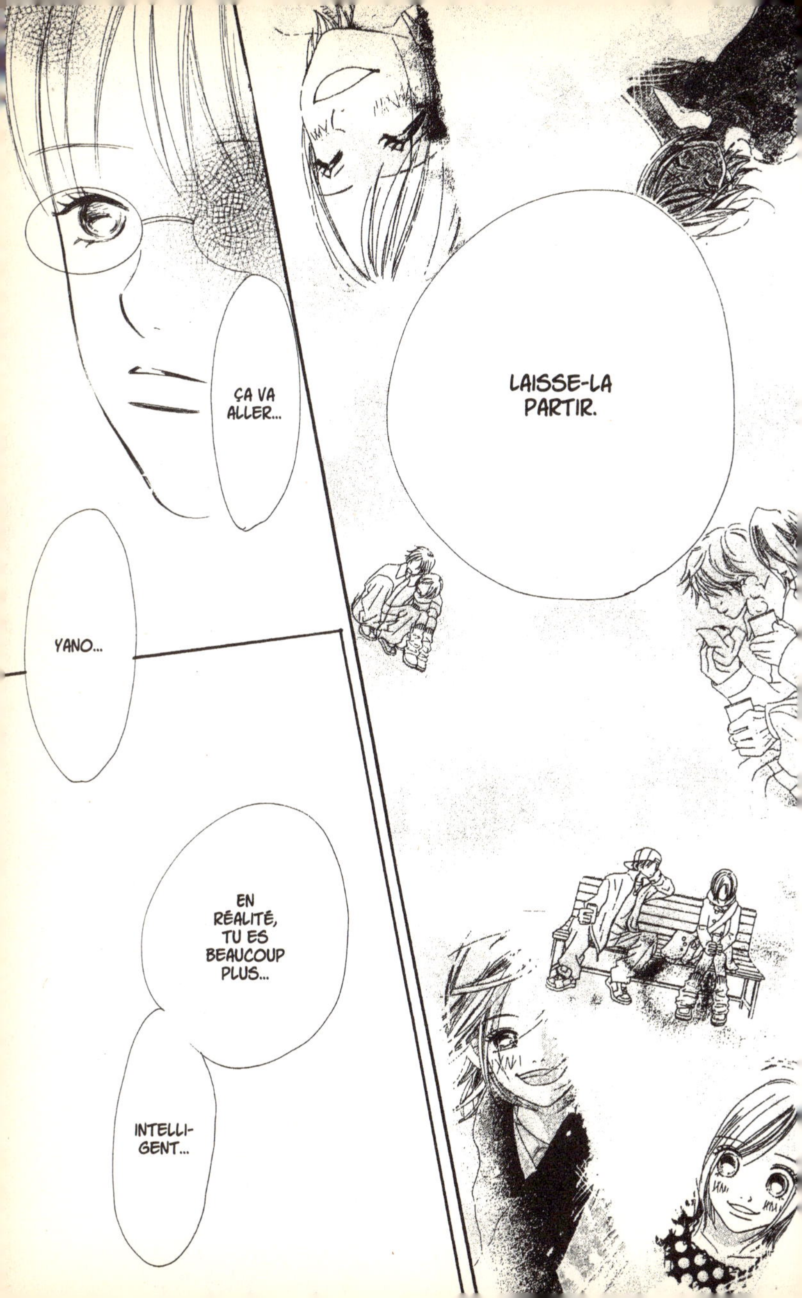
LAISSE-LA PARTIR.
ÇA VA ALLER...
YANO...
EN RÉALITÉ, TU ES BEAUCOUP PLUS...
INTELLIGENT...

わああああ
ET FORT.
HOOO !
CETTE ANNÉE AUSSI, IL Y A DU MONDE !
HOOO HISSE
HOOO HISSE
ALLEZ, TOUS EN CHŒUR !!
HÉ ! VOUS ALLEZ TROP VITE !
LAISSEZ LA CLASSE D'AVANT S'ÉLOIGNER
VOUS ALLEZ VOUS ÉPUISER !

HÉ !
SI ÇA MARCHE, TU PAIES TON COUP !
TU VAS LA FAIRE, NON ?
DE QUOI ?
TA DÉCLARATION...
EN FAIT J'HÉSITE.
HOOO HISSE
AH BON ?
JE LE CONNAIS DEPUIS LA FIN DU PRIMAIRE.
C'EST COMME MA FAMILLE.
IL EST IRREMPLAÇABLE.
JE NE VEUX PAS...
LE PERDRE.
L'AMITIÉ PLUTÔT QUE L'AMOUR ?
JE N'AI PAS ENVIE DE CHOISIR.
C'EST ÉGOÏSTE...
MAIS...

JE VAIS LE FAIRE.
ALORS SI CE SOIR JE PERDS MON MEILLEUR AMI...
C'EST TOI QUI PAIES.
UN AN...
ÇA PASSE VITE.
HISSE
HA ?
HAA.
C'EST QUE ÇA FAIT UN AN QUE YANO S'EST DÉCLARÉ.
VOUS N'AVEZ PAS TENU UN AN...
BOM
HÉ !!
HA...

わっしょ
ON CHANGE ?
PAS ENCORE.
わっしょい
AU PROCHAIN CARREFOUR.
YANO !
C'EST QUI ?
HA HA
DES COPAINS DE COLLÈGE.
JAMAIS DE TRAVAIL
STOOOOP
STOOOOP
ON ATTEND AUX FEUX !!
ATTENDEZ
IL VA SÛREMENT SE PASSER QUELQUE CHOSE CE SOIR.
C'EST SÛR
HEIN ?

L'UN VA PLEURER...
ET L'AUTRE ÊTRE HEUREUX...
"ET SI...
CET AMOUR EST SINCÈRE"
ON ATTEND AUX FEUX !
S'IL VOUS PLAIT...

C'ÉTAIT NOUS VOL. 5, FIN

Supplément
Run, baby, run.

CAPRI-
CIEUX...
ENTÊTÉS...
TÉMÉ-
RAIRES...
VOILÀ CE
QUE NOUS
SOMMES.

...

WOUAH !
C'EST QUOI, ÇA ?
C'EST QUI ?
KITA-ZAWA !!
ELLE DIRIGE LE CLUB DE FOOT
ON VOIT TOUT À TRAVERS SON TEE-SHIRT !
HA OUI ?
BLEU CIEL !
C'EST FAIT EXPRÈS ?
NON ?
HI HI
C'EST MIGNON !
J'ADORE
MOI, ELLE N'EST PAS DU TOUT MON GENRE.
POURQUOI ?
PARCE QUE SON TEE-SHIRT EST TRANSPARENT ?
HA HA HA
TAKEUCHI MASAFUMI, 4E
JE N'AIME PAS LES FILLES QUI DIRIGENT DES CLUBS DE GARÇONS.
ET TOI, TAKE ?
LUI, IL AIME LES FILLES AUX LONGS CHEVEUX LISSES !
HO !
T'ES LOURD !

TIENS !
C'ÉTAIT TOMBÉ.
EN ÉTÉ, À MES 14 ANS...
JE SUIS TOMBÉ AMOUREUX.
CLONG
MERCI.
ELLE S'APPELLE HAYAMI AZUSA.
UNE COPINE DE CLASSE.
BOUM BOUM BOUM
DIS, POURQUOI...
EST-CE QU'ON DOIT CHANTER UN TRUC D'OKINAWA ?
C'EST QUOI, ÇA ?
C'EST EN QUOI ?
Pour le camp. Chanson de classe. (2-7)
CiEL ÉTOiLÉ
C'EST À CAUSE DU CAMP QUE JE ME SENS SI EXCITÉ ?

QUAND MOTO S'EST LAISSÉ POUSSER LES CHEVEUX, SON FAN CLUB S'EST CRÉÉ.
NOUS SOMMES MEMBRE DU FAN CLUB !
ON A FAIT DES COOKIES POUR S'ENTRAÎNER
WHOUAAA
WHOUAA
VOUS FAITES QUOI, COMME ACTIVITÉS ?
DES PHOTOS, ENTRE AUTRES ! ♡
HA HA
DES PHOTOS ?
IL Y EN A PLEIN !
PRISE CACHÉE (ET EN PLUS À MOITIÉ NU)
......
GRRR
DITES...
SI JE VOUS OFFICIALISE...
HAAA
HI...
C'EST VRAI ?
JE PEUX PERCEVOIR DES DROITS ?
ET SI JE FAISAIS UN FAN CLUB D'HAYAMI ? (UN SEUL MEMBRE)
PAR EXEMPLE, LE PROFIL.
SIÈGE 27
CLUB D'ATHLÉTISME
CHEVEUX LONGS ADRESSE : QUARTIER MIDORI
ANNIVERSAIRE TAILLE
.... ? ENVIRON 1M55 ?
OUAIS, EN FAIT JE NE LA CONNAIS PAS BIEN...

ELLE A...
UN BEAU SOURIRE.
IL RÉCHAUFFE.
WHA !
DIS, HIER...
JE SUIS ALLÉ AVEC DEUX FILLES MANGER DES GLACES...
ET AU RETOUR, JE ME SUIS RETROUVÉ SEUL AVEC KITAZAWA.
HAA
ELLE T'A FAIT UNE DÉCLARATION ?
WHOUAA HA
HUM
?
ELLE M'A EMBRASSÉ !
QUOI !?
CHUT !
SUR LA BOUCHE !?
OUI.
WHOUAAA ! C'EST PAS VRAI !?
HÉ BIEN ! DIRECT, SUR LA BOUCHE !?
HEU...
HEU...
ET ?
VOUS SORTEZ ENSEMBLE !?
HEIN !?
TU AS DIT QUE TU N'AIMAIS PAS CE GENRE DE FILLE !!
J'AI PANIQUÉ !

C'EST PAS MA FAUTE, J'AI CRAQUÉ...
C'EST CE QU'IL A DIT...
CE JOUR-LÀ...
ILS SONT RENTRÉS MAIN DANS LA MAIN.
...
...
...
ALORS C'EST VRAI... ?
LE CAMP APPROCHE, ALORS...
BLA
BLA
COMME NOUS ALLONS PASSER LA CHANSON TOUS LES JOURS...
ESSAYEZ DE LA RETENIR !
PFUUU...
JE N'Y ARRIVE PAS !
SI AU MOINS C'ÉTAIT COMPRÉHENSIBLE, ÇA SERAIT PLUS FACILE.
...HEIN ?
MAIS TOUT LE MONDE DIT QU'ELLE EST DIFFICILE À RETENIR
EXCUSE, C'EST MOI QUI L'AI CHOISIE...
HA...
MAIS NON !

WOUAH, JE NE M'Y ATTENDAIS PAS !
PAS DU TOUT.
VRAIMENT...
S'IL Y A DES PASSAGES DIFFICILES À LIRE, DEMANDE-MOI !
HEU... C'EST TON ÉCRITURE ?
OUI.
CIEL ÉTOILÉ
sanzameku tengawa fushi teritei nagari bune kanusha manu fuimu ni nu fushi yo *
*Patois d'Okinawa
HUM...
BOUM BOUM
L'ÉCRITURE REFLÈTE LA PERSONNE...
ICI...
HUM ?
J'AIME BIEN CETTE PARTIE.
DES DOIGTS BLANCS.
YORU KA
TOUTE CETTE PARTIE EST UN PEU DURE, MAIS...
ÇA SIGNIFIE...
LES SOUHAITS IRRÉALISABLES...
TRAVERSENT LA NUIT...
POUR DEVENIR ÉTOILES.
J'ENTENDS LE SON DE LA FLÛTE DE MON AMOUR...
SOUS UN CIEL ÉTOILÉ.

C'EST ROMANTIQUE, HEIN, D'ENTENDRE LE BRUIT...
DE LA FLÛTE DE CELUI QU'ON AIME.
HA... OUI.
LA FLÛTE...
LE SON DE LA FLÛTE...
C'EST PEUT-ÊTRE UN PEU TROP MIELLEUX...
POUR UNE CHANSON DE CAMP...
NON ! J'ADORE !!
JE COMPRENDS VRAIMENT CE GENRE DE CHOSES !
......
SI TU VEUX...
JE PEUX TE LE REMETTRE SUR MD !
WHAOU

ALORS...
HAYAMI AIME CETTE CHANSON...
CiEL ÉTOiLÉ
j'entends le son
de flûte
de l'être aimé

COMME HEU...
COMMENT DIRE...
J'AI L'IMPRESSION DE L'ENTENDRE.
LE SOIR...
DE QUOI ?
LE SON DE FLÛTE DE HAYAMI.
WOUAH ! C'EST DÉGOÛTANT ! ♡
HEIN ?
MOI AUSSI J'AIMERAIS BIEN LUI FAIRE SOUFFLER DANS MA FLÛTE !
......
DÉSOLÉ...
ET M....

ELLE A TOUT ENTENDU...
CLANG
HAYAMI !
DÉSOLÉ POUR TOUT À L'HEURE !
MAIS C'EST MOI QUI AI DIT ÇA, TAKE N'Y EST POUR RIEN.
HOO !
TU NE VAS QUAND MÊME PAS...
TE FÂCHER POUR ÇA ?
POUR ÇA !?

*Les enfants chantent en patois d'Okinawa.

UNE SU-PER-STI-TION.
C'EST LA COUTUME, PENDANT LES CAMPS.
......
IL S'EST FAIT LAR-GUER ?
UN ÉCHANGE DE BOUGIES ?
HEIN ?
SI LES BOUGIES QUE TU AS ÉCHANGÉES AVEC CELLE QUE TU AIMES NE S'ÉTEIGNENT PAS AVANT LE FEU DE CAMP, VOUS VOUS AIMEREZ POUR L'ÉTERNITÉ !
WHOUAH HA HA
PFFF ...
"SI ELLES NE S'É-TEI-GNENT PAS" ...
ET SI IL Y EN A UNE SUR LES DEUX QUI S'ÉTEINT ?
JE SAIS PAS
VAUDRAIT MIEUX PRÉ-VOIR DES BOUGIES LONGUES !
......
CECI DIT, POUR L'É-TER-NITÉ ...
ÇA ME DIT PAS TROP
SOUF-FLE LA BOU-GIE !
HA HA
DE TOUTE FAÇON TU N'AS PER-SONNE, HEIN ?
DIS...
SI TU ÉCHANGES AVEC UNE FILLE, ET PUIS APRÈS AVEC UNE AUTRE, ET ENCORE UNE AUTRE ?
JE SUIS SÉRIEUX !
IDIOT.
BOM
DE TOUTE FAÇON, TU AS KITAZA-WA, NON ?

C'EST FINI.
AH BON ?
...
RAPIDE
POURQUOI ?
ALORS ÇA ! ÉCOUTE UN PEU !
LA SEMAINE DERNIÈRE, ON EST RENTRÉS ENSEMBLE, COMME D'HABITUDE.
IL ÉTAIT JUSTE UN PEU PLUS TARD...
ON A TRAVERSÉ LE PARC DANS LE NOIR.
WOUAH !
T'ES VRAIMENT HORRIBLE !
ÉCOUTE JUSQU'AU BOUT !
HA...
C'EST PAS ÇA ?
ET PUIS ELLE M'A TIRÉ PAR LA MAIN DERRIÈRE UN ARBRE.
ET TU CROIS QU'ELLE A FAIT QUOI ?
ELLE A MIS MA MAIN SUR SA POITRINE !!
GHH
SÉRIEUX !?
GHH
SÉRIEUX !!

À...
À QUOI TU JOUES... ?
IDIOT !
バッチー
ET PUIS KITAZAWA EST PARTIE.
DEPUIS ELLE NE ME PARLE PLUS.
MÊME MOI...
JE N'AI PAS RÉAGI.
JE L'AI REPOUSSÉE.
PFF... À QUOI PENSENT LES FILLES ?
VA SAVOIR.
AYAKA 21ANS, JEUNE DIPLÔMÉE
FRANGINE, TU RENTRES ?
LES MÔMES NE DOIVENT PAS TRAÎNER JUSQU'À CETTE HEURE-LÀ !
ON RENTRE...
DIS, AYAKA, C'EST PAS TON JOUR DE PAYE ?
ON A FAIM
TU POURRAIS NOUS PAYER LE REPAS DE TEMPS EN....
AÏE AÏE AÏE AÏE AÏE !
GRAINE DE MAQUEREAU À 14 ANS ?

WHA !
WHA !
ÇA VA PAS ??
ON LAISSE LES FILLES ET LES SUPÉRIEURS S'ASSOIR AU FOND !
AÏE...
FUUUU
COMME LA FENÊTRE DES VÉHICULES.
......
BLA
BLA
......
JE VOUS PAIE LE REPAS, ET JE VOUS ÉDUQUE...
QUELLE CHANCE, HEIN ?
UN JOUR VOUS ME REMERCIEREZ DE...
BOF...
MOI, LES FILLES, J'EN AI MARRE.
MOI AUSSI.
......?
ALORS, UNE ENTRECÔTE
QUELS GAMINS...
MENU XXL AVEC UN STEAK ET...

JE PENSE QU'HAYAMI IRAIT BIEN.
HA
D'AUTRES SUGGESTIONS ?
CLANG
JE DORMAIS ?
AH, L'ÉLECTION DU RESPONSABLE DU FEU DE CAMP...
HAYAMI ?
QUOI ?
SINON, HAYAMI SERA DÉSIGNÉE !
PERSONNE D'AUTRE ?
HAYAMI...
IMAGINATION
EN VESTE DE KIMONO
ELLE DOIT ÊTRE MIGNONNE...
BAH...
GRAT
PEU IMPORTE, DE TOUTE FAÇON...
ET POURQUOI PAS YANO ?
HA...
....
HA OUI !
YANO !
BIEN !
BONNE IDÉE !
...
HA ...
HÉ !!
HAYAMI
YANO
ATTENDEZ !

...
CONTRE YANO
BIEN.
NOUS ALLONS VOTER, ALORS.
ELLE NE POURRA RIEN...
ELLE A ÉTÉ DÉSIGNÉE SANS LE VOULOIR ET SE FAIT ÉLIMINER...
FRANCHEMENT, ÇA ME FAIT MAL POUR ELLE.
HEIN !
ALORS ?
MOI, YANO !
HÉLÀ, AUCUN SENS DES RESPONSABILITÉS !
NE T'INQUIÈTE PAS HAYAMI !
BIEN...
QUI VOTE POUR HAYAMI ?
PERSONNE ?
......
......
MÊME SI TU PERDS CONTRE YANO...
TU ES LA MEILLEURE DES FILLES DE LA CLASSE !!
(POUR MOI)

PER-
SON-
NE ?
BIEN, TOUT LE RESTE POUR YANO ALORS...
BLA
MÊME SI ON SE MOQUE DE MOI...

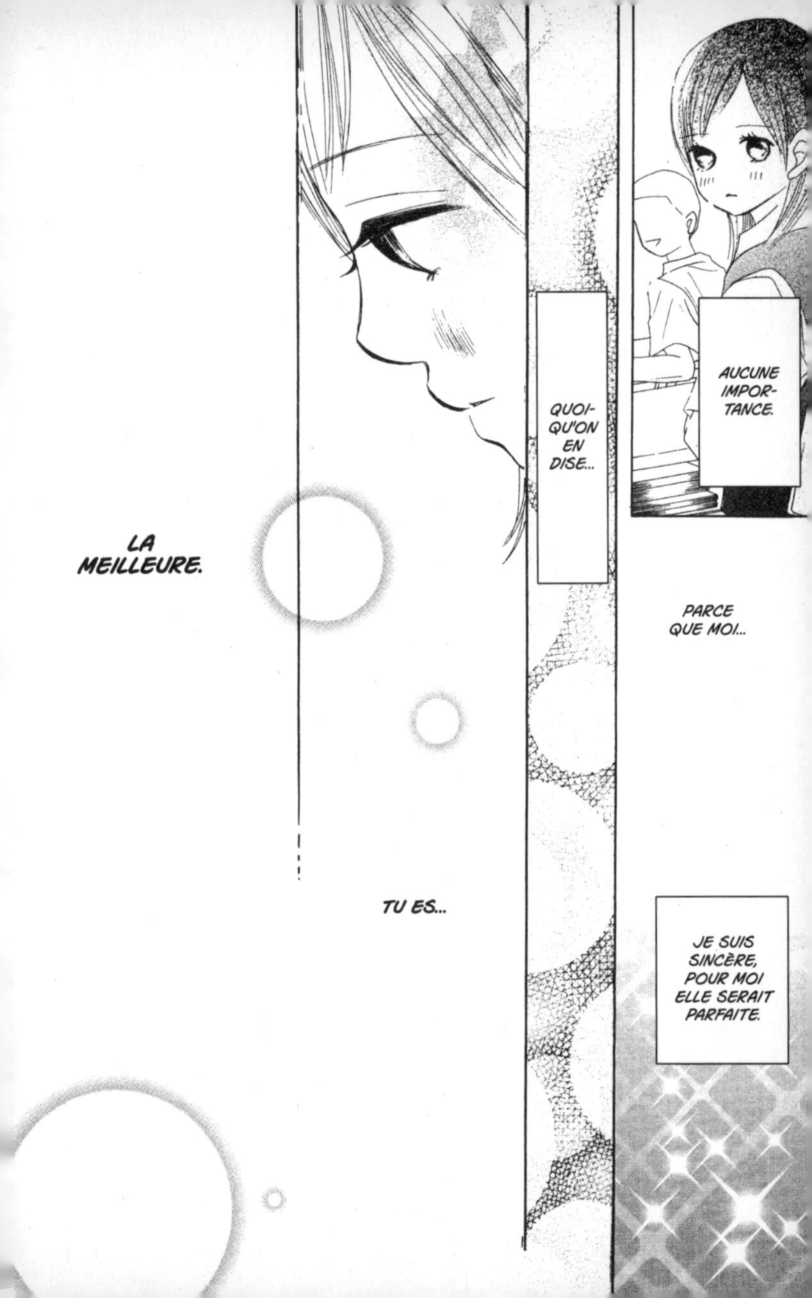
AUCUNE IMPORTANCE.
PARCE QUE MOI...
JE SUIS SINCÈRE, POUR MOI ELLE SERAIT PARFAITE.
QUOIQU'ON EN DISE...
TU ES...
LA MEILLEURE.

C'EST COMME SI J'AVAIS FAIT...
UNE DÉCLARATION EN PUBLIC...
IL Y AVAIT MÊME DES DESSINS SUR LE TABLEAU.
TAKE HAYAMI
LES AUTRES N'ONT PAS DE CŒUR ...
......
CETTE FOIS C'EST SÛR...
ELLE ME DÉTESTE !
TA...
TAKEUCHI !

POUR LA PREMIÈRE FOIS, J'AI VOULU CROIRE AUX MIRACLES.
TA CHANSON, JE LA CONNAIS PAR CŒUR.
C'EST VRAI ?
OUI, JE L'AI ÉCOUTÉE SOUVENT.
……
JE SUIS CONTENTE QU'ELLE TE PLAISE.
HUM...
JE N'AVAIS JAMAIS VRAIMENT ÉCOUTÉ DE CHANSON D'AMOUR.
TU L'AS PRISE COMME TEL ?
HEIN ?
C'EST PAS UNE CHANSON D'AMOUR ?
HAA.
ON PEUT LE PENSER COMME ÇA, MAIS...
EN RÉALITÉ, ELLE EST PLUS GÉNÉRALE.
CHACUN PEUT L'INTERPRÉTER COMME IL VEUT EN FONCTION DE SON ÉTAT.
HUUM ...
TAKEUCHI...
TU ES AMOUREUX, HEIN ?

HEU...
SHHH
JE...
......
OUI...
ET TOI ?
C'EST QUEL GENRE DE CHANSON, POUR TOI ?

MOI AUSSI...
JE PENSE QUE C'EST UNE CHANSON D'AMOUR.
OUAAAAAAIIIIIS !!

......
......
MÈRE.
MÈRE ?
L'ARGENT DU COIFFEUR, S'IL-TE-PLAÎT.
TIENS.
ÇA Y EST !
ÇA Y EST !
ÇA Y EEEEST !
HEU...
NON...
PAS LE COIFFEUR, L'ESTHÉTICIEN...
ET C'EST COMBIEN ?
ENVIRON 4000 YENS ?
C'EST CHER !
SI TU VEUX UNE COUPE SPÉCIALE, PRENDS UNE PHOTO ET DEMANDE AU COIFFEUR LA MÊME !
TU RIGOLES ? IL N'A AUCUN GOÛT !
LA DERNIÈRE FOIS JE LUI AI DEMANDÉ À LA "MOHICAN", ET J'AI FINI LA BOULE À ZÉRO !
NON, C'EST NON ! L'ESTHÉTICIEN AU COLLÈGE ? TU VAS MAL FINIR !
"TU VAS MAL FINIR". PFFF...
MÉGÈRE !
QUEL RAISONNEMENT...

TU ES TOMBÉ AMOUREUX ?
SHHHH
TU VAS LA FAIRE CRAQUER ?
......
ÉVIDEMMENT !
AUCUN DOUTE.
BON !
MASSAGE DES PIEDS, 30 MINUTES PAR JOUR.
À L'ANGLAISE !
DÉMON !
MA SŒUR !!
MON SEIGNEUR !!
SOUS CONDITIONS !
MON ANGE !!
ON Y VA !
HA... HAYAMI !
TU NE VEUX PAS ALLER PRENDRE UNE GLACE, APRÈS LES COURS ?

J'AI PRIS DE L'ARGENT...
SA COIFFURE... ?
J'AI LE CLUB...
HA...
ALORS...
HA NON !
M... MAIS...
DEMAIN, PAS DE PROBLÈME !!
ÇA Y EST !!
FRAMBOISE POUR ELLE...
SÉSAME POUR MOI...
ET PUIS JE LUI PROPOSE LE SIÈGE DU FOND...
TU RUMINES QUOI ?
RIEN...
CETTE CHANSON EST POUR AMOUREUX, HEIN...

HEIN ?
C'EST UNE CHANSON POUR AMOURS DÉCHUS !
QUOI ?
ÇA PARLE DE SOUHAIT IRRÉALISABLE...
"UN VŒU SANS FIN"
EN GROS, UN AMOUR QUI NE SE CONCRÉTISE PAS.
Ce souhait sans fin traverse le ciel pour devenir étoiles...
G... GLOUP.
C'EST VRAI !
MAIS...
ET LÀ : "LE BATEAU QUI NOUS TRANSPORTAIT"...
C'EST DU PASSÉ !
BLA
BLA
"...A DISPARU" !
ÇA VEUT DIRE QUE C'EST FINI !
HA HA HA
HA BON ?
EH OUI !
DÉCHU...
UNE DÉCEPTION...
ÇA ME DÉCOURAGE UN PEU...
MAIS...
ELLE EST MALGRÉ TOUT TRÈS BELLE.

C'EST JUSTE-MENT...
PARCE QU'ELLE EST TRISTE, QU'ELLE EST BELLE...
HA HA HA
HA ?
TU NE COM-PRENDS PAS, HEIN ?
CLANG
BIEN SÛR QUE SI !!
PARCE QU'EL-LE EST TRISTE ?...
HEU...
HEU...
MOI...
JE NE SUIS PAS D'AC-CORD, MAIS...
HA BON ?
RE-GARDE.
ICI.
"CE SOUHAIT SANS FIN TRAVERSE LE CIEL POUR DEVE-NIR ÉTOI-LES..."
HOSHI HARE
ITOSHII A
FUE NO OTO

......
HEIN ?
...
PFF
DONC...
"DEVENIR ÉTOILES" !
CELA VEUT DIRE QU'UN MIRACLE VA SÛREMENT SE PRODUIRE !!
MAIS NON !
ON DIT "DEVENIR ÉTOILES" QUAND ÇA NE SE RÉALISE PAS.
QUAND LES GENS MEURENT, ON DIT QU'ILS "DEVIENNENT ÉTOILE".
UNE ÉTOILE, C'EST UN SOUVENIR.
....
TU ES VRAIMENT ROMANTIQUE, HEIN !
C'EST BIEN DE POSITIVER COMME ÇA !

HA HA
HA HA
C'EST CLAIR !
ÉTONNANT, HEIN !
J'AI EU UN MAUVAIS...
PRESSENTIMENT...
ON FERAIT MIEUX DE NE PAS PRENDRE DE BOUGIE BLANCHE.
HA ?
POURQUOI ?
PARCE QUE TOUS LES GARÇONS ONT DES BLANCHES, ALORS...
ON VA SE DEMANDER SI TU AS DÉJÀ ÉCHANGÉ TA BOUGIE.
ET POUR AZU, IL Y EN A UN QUI SERAIT DÉÇU, HEIN !
HÉ ?
QUI ? QUI ?
T-KUN !
T-KUN ?
LA CHANCE !
AZU A QUELQU'UN AVEC QUI ÉCHANGER !
WHAOU !
......

VOILÀ.
CASSIS !
ELLE N'A PAS PRIS FRAMBOISE.
MERCI !
ON VA AU FOND ?
HEU ...
TU NE VEUX PAS MARCHER UN PEU ?
....
....
HA...
VOILÀ TON ARGENT !
HO.
NON, C'EST BON !
SI SI !
TIENS !
100
100
J'AI VAGUEMENT L'IMPRESSION...
DE ME FAIRE REPOUSSER...
TAKE !
EN RENCARD !
HOU LES AMOUREUX !
HOUUU !
HOUUUUU
HA...
gelato
GERATO

!
J'AI SÛREMENT...
ÉTÉ TROP VITE...

HA...
J'AI ÉTÉ SUPPRISE ET...
NON...
C'EST MOI...
DÉSOLÉE.
HÉ !
C'EST QUOI ?
CADEAU D'ANNIVERSAIRE ?
EXCELLENT !
HA HA HA
JE SUIS CHANCEUX DE NATURE !
DE QUI ?
JE SAIS PAS !
HA BON ?
UNE FILLE...
C'EST LE DEUXIÈME !
VENDU !
POURQUOI TOUJOURS TOI ?
ÇA M'ÉNERVE
ALORS POURQUOI TU N'AS PAS DE PÈRE !?

CLANG
BAM
...
JE SUIS HORRIBLE !
ET M...

IL EST MIGNON, TON CHAPEAU
HA HA HA
...
YANO, MONTE DANS LE BUS
JE ME SUIS PRIS UN RATEAU...
ET J'AI PERDU UN AMI...
JE SUIS VRAIMENT NUL.

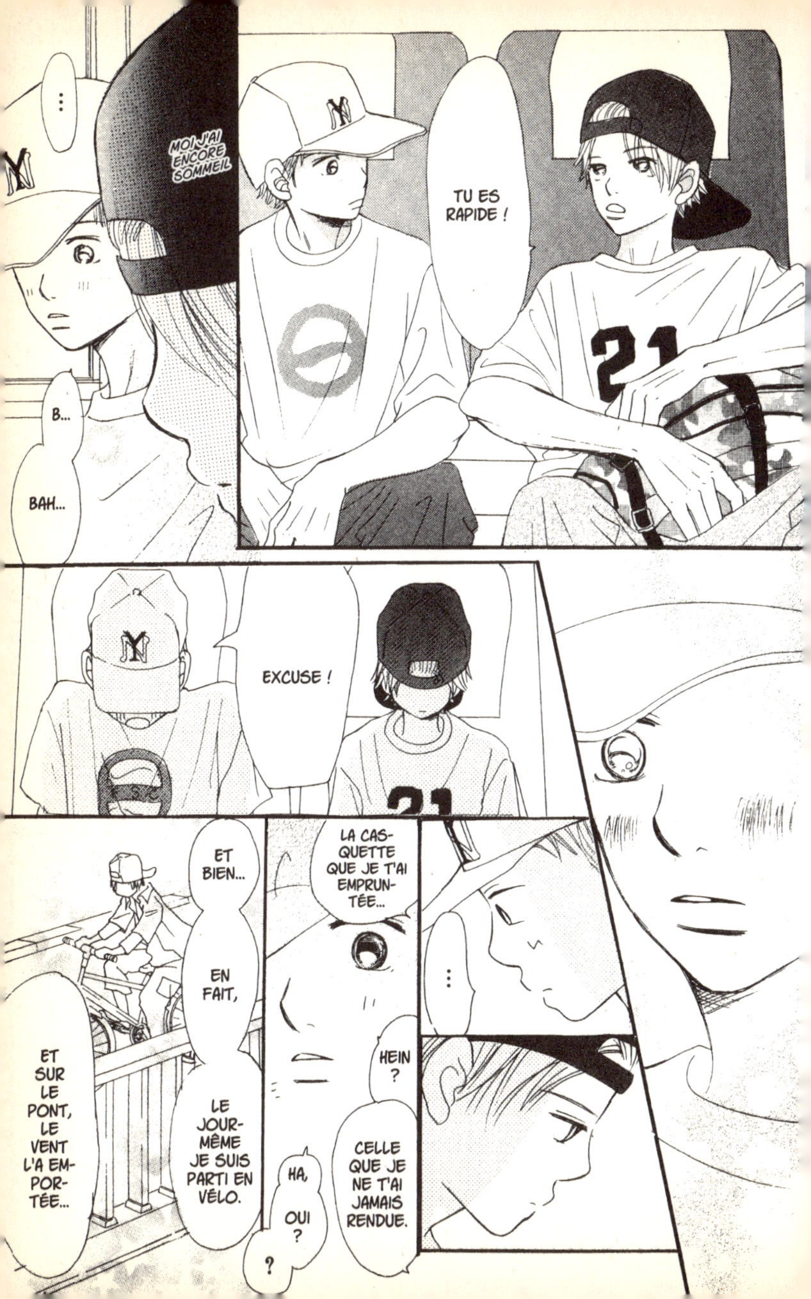

TU ES RAPIDE !
...
MOI J'AI ENCORE SOMMEIL
B...
BAH...
EXCUSE !
LA CASQUETTE QUE JE T'AI EMPRUNTÉE...
...
HEIN ?
CELLE QUE JE NE T'AI JAMAIS RENDUE.
HA, OUI ?
?
ET BIEN...
EN FAIT,
LE JOUR-MÊME JE SUIS PARTI EN VÉLO.
ET SUR LE PONT, LE VENT L'A EMPORTÉE...

COMME ÇA !
DONC ...
...
HEU, TU VOIS, QUOI.
ET... ...
C'ÉTAIT MA PRÉ-FÉRÉE !!
FALLAIT SAUTER DANS L'EAU !
WHOUA, TU FAIS PEUR
COMME ÇA, ON EST QUIT-TES...
...
QUIT-TES ?
AU FAIT ?
TU AS APPORTÉ DE L'AL-COOL, DISCRÈ-TEMENT ?
AU FINAL ...
JE N'AU-RAI JA-MAIS LE DER-NIER MOT...
FACE À LUI.
HA HA
C'EST FROID !
TU T'ES DISPUTÉ AVEC TAKE ?

NON...
WIP
ALLEZ, FAITES LA PAIX !
CE N'EST PAS TON PROBLÈME.
LAISSE-MOI TRANQUILLE.
BON.
......
J'AI DU MAL À ABANDONNER...
ET CE N'EST LA FAUTE DE PERSONNE.
ZIP
HAA !
ÇA VA ?
O...
OUI.
J'AI JUSTE GLISSÉ !...

CE N'EST PAS FACILE, DANS LE COIN...
TU FERAIS MIEUX DE SUIVRE YANO.
IL EST DOUÉ POUR TROUVER DES SENTIERS !
FUTUR ALPINISTE
IL FAIT BON, MAINTENANT
QUI S'OCCUPE DU FEU DE CAMP ?
HA HA
...
HAAAA
JE SUIS FATIGUÉE
TAKE !
TU AS PRIS LES BOUGIES DE NOTRE GROUPE ?
OUI.
MOTO...
TU SAIS QU'ON NE SE PERDRA PAS POUR ÇA, ALORS VAS-Y.

N'HÉSITE PAS.
JE NE VOIS PAS DU TOUT DE QUOI TU PARLES...
TU VAS COMPRENDRE...
TRÈS VITE.
CE N'EST PAS POUR UNE FILLE, QUE...
HAIHATEITEEE
NAGARIIII-FUNEE
HUM...
SANZAMEKU
TINGAAAAARAAAA

DANS LA PÉNOMBRE...
HA HA HA HA
ILS LE FONT
ÇA Y EST
IL LUI A DEMANDÉ SA BOUGIE !
TA BOUGIE !
SOUS UN CIEL D'ÉTÉ...
HA...
...
LES FLAMMES DE L'AMOUR S'ALLUMENT.
ぽ
... DANS NOTRE CLASSE,
TOUT LE MONDE A BIEN CHANTÉ, HEIN.
HA...
OUI.
......
PAS LA PEINE...
DE TE SOUCIER DE MA RÉACTION...
QUEL IDIOT...

JE SUIS VRAIMENT IDIOT !
CE N'EST PAS IMPORTANT, APRÈS TOUT.
J'AVAIS ENCORE UN PEU D'ESPOIR.
J'AVAIS BIEN PRÉPARÉ LES BOUGIES...
MAIS...
POURQUOI EST-CE QUE TU AS ÉTEINT TOUTE SEULE TA BOUGIE ?
NE FAIS PLUS ÇA.
IL N'Y A RIEN DE MAL ...
À TOMBER AMOUREUSE...
ALORS...

VA LE VOIR !
NE TE SOUCIE PLUS DE MOI !
DE TOUTE FAÇON JE T'OUBLIERAI BIENTÔT, ALORS...
ET PUIS À PARTIR DE MAINTENANT, JE VAIS FRÉQUENTER DES TAS DE FILLES...
TOI, TU N'ES QU'UNE PARMI D'AUTRES...

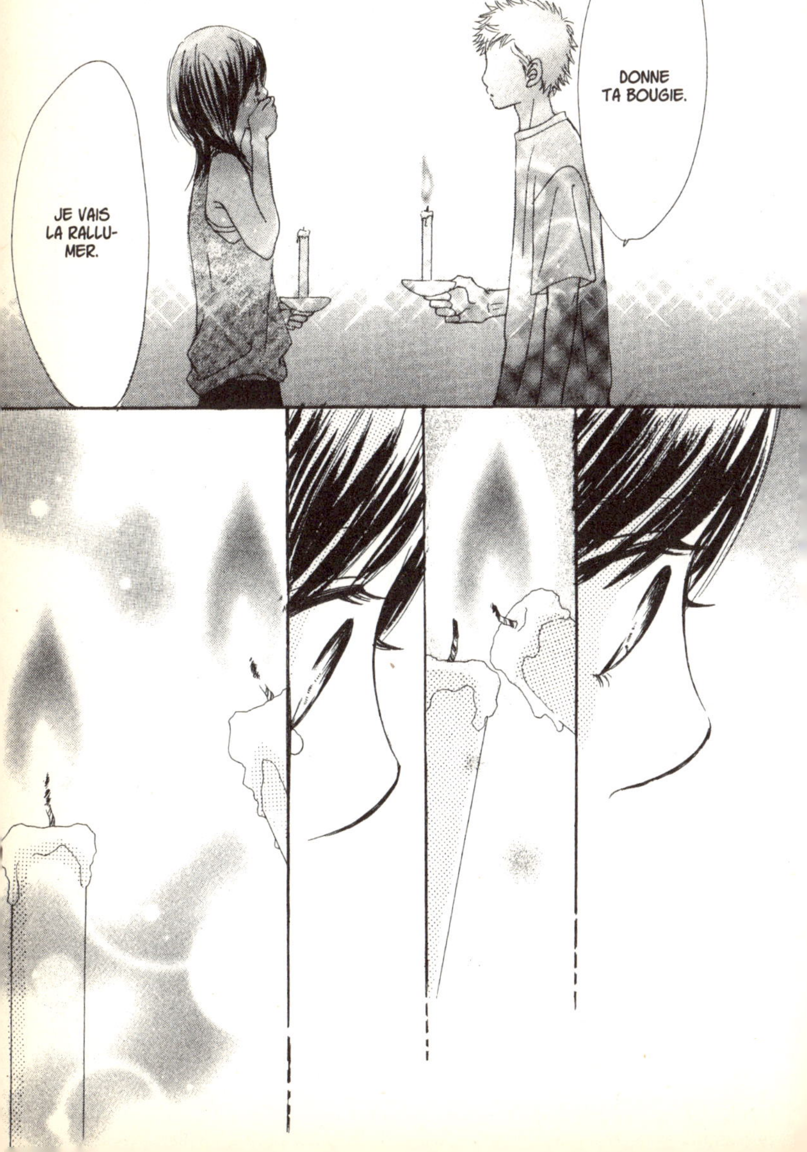
DONNE TA BOUGIE.
JE VAIS LA RALLU-MER.

ALLEZ !
PENDANT QU'ELLE NE S'É-TEINT PAS...
MERCI...

CE RÊVE IRRÉALISABLE...
TRAVERSE LA NUIT...
POUR DEVENIR ÉTOILE.
SA LUMIÈRE SE DIFFUSE DANS LE CIEL...
ET ILLUMINE LES ÎLES.
HA HA HA
LA DOUCE ET PURE MÉLODIE...
RAPPELLE...
L'ÊTRE AIMÉ.

DANS LA NUIT ÉTOILÉE...
UNE RIVIÈRE RUGISSANTE...
UN BATEAU APPARAÎT.
J'ENTENDS LE SON DE FLÛTE...
DE L'ÊTRE AIMÉ.

J'ÉTAIS
AMOUREUX...
ET J'AVAIS
14 ANS.

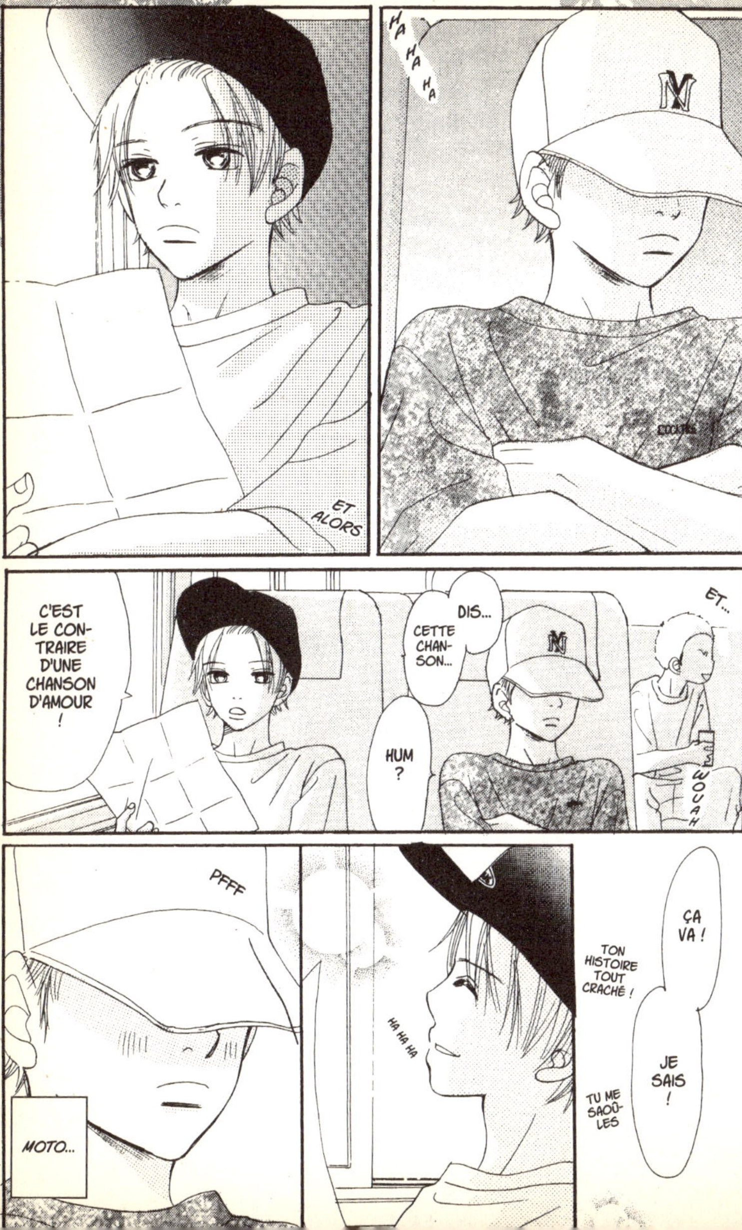
HA HA HA HA
ET ALORS
ET...
WOUAH
DIS...
CETTE CHANSON...
HUM ?
C'EST LE CONTRAIRE D'UNE CHANSON D'AMOUR !
ÇA VA !
TON HISTOIRE TOUT CRACHÉ !
JE SAIS !
TU ME SAOÛLES
HA HA HA
PFFF
MOTO...

IL N'A FINALEMENT ÉCHANGÉ DE BOUGIE AVEC PERSONNE.
SOI-DISANT...
QU'IL L'AVAIT CASSÉE ALORS IL NE POUVAIT PAS...
TU T'ES ASSIS DESSUS ??
MENTEUR !
PROUVE-LE !
TIENS !
MAIS C'ÉTAIT FLAGRANT...
QU'IL L'AVAIT CASSÉE DE SES MAINS...
TU N'ES QU'UN IDIOT.
JE PRÉFÈRE LA FENÊTRE, MOI !
BLA BLA
BLA BLA

....
COCKTAIL
EN TOUT CAS...
MÊME SI MON RÊVE NE SE RÉALISE PAS...
S'IL PEUT DEVENIR UNE ÉTOILE...
ÇA VAUT LE COUP.
QUOI ?
QU'EST-CE QUE...
BAH... C'EST BEAU, NON ?
JE VAIS FAIRE TOMBER LES FILLES, AVEC ÇA !
HI HI
IDIOT.

D'AIL-LEURS, MOI...
LÀ...
CETTE PARTIE ...
Le souvenir qui résonne encore rejoint le ciel étoilé
ELLE A ÉTEINT SA BOUGIE...
MOI J'AI RALLUMÉ LA MIEN-NE...
ET LUI L'A CASSÉE...
AU FAIT, C'EST VRAI QUE TU AS ESSAYÉ PLUS DE CENT FIL-LES ?
QU... ?
CAPRICIEUX...
TÉMÉRAIRES...
ENTÊTÉS...
VOILÀ CE QUE NOUS SOMMES.

ET SÛREMENT QUE NOUS ALLONS DE NOUVEAU...
TOMBER AMOUREUX !
"RUN, BABY, RUN" FIN

SOLEIL
MANGA

Écrivez-nous à :
Soleil Manga
25, rue Titon
75011 Paris - France
manga@soleilprod.com

Titre original : Bokura ga ita by Yuuki OBATA

Original Japanese edition published in 2004 by Shogakukan Inc., Tokyo.
French translation rights arranged with Shogakukan Inc.,
through The Kashima agency.

15, bd de Strasbourg
83000 Toulon - France
Traduction : Julie Gerriet
Lettrage : Studio Charon
Dépôt légal : Janvier 2007
ISBN : 978-2-84946-724-4
Impression : AUBIN IMPRIMEUR - France